■ 저자(김원명) 근영

시간 허물기

새미작가선 12

시간 허물기

김원명

새미

머리말

허공을 해쳐 온 달이
잠들다 가는
마르지 않는 호수 하나
내 가슴에 있다.

닿을 수 없는 저만치
내게로 노 저어 오는 쪽배
한 백년쯤
영영 떠내려가지 않는 당신.

이 글을 하늘나라에 먼저 가 기다리는
아내에게 바칩니다.

2012년 3월
서울 마포 복사골에서
김원명

차례

제2부 저녁노을 빚는 시간

제3부 지팡이에 대한 생각

▦ 해설

제1부

호미 한 자루

열탕과 냉탕 사이

물안개 자욱한 탕 안에,
땀을 씻고 들어오세요!
온탕도 열탕도 냉탕도
땀에 젖은 몸 받아주지 않는다.

샤워기에 마른땀 털어내고
온탕을 지나 사우나탕에 몸을 맡긴다
모래시계 두어 차례 뒤집는 사이
목구멍까지 숨이 차오른다.

일생 동안 절여진 소금기,
말랑말랑 물러진 육신에 물방울 맺힌다
쌓였던 짠물이
몸을 열고 빠져 나온다.

가슴에 박혀 녹슨 못 자국,
다 파낼 수 있는 나이이건만
아직도 붉은 녹물 흐르던 흔적이 보인다
때밀이가 힘껏 밀어도 지워지지 않는다.

지는 꽃,
그곳에도
허물 다 씻고 오라 쓰여 있을 텐데…

못 자국,
죄다 털어 내려고 다시
열탕에도 냉탕에도 뛰어든다.

그래도 담아가지고 갈

질긴 인연의 이름 앞에 서성거린다
열탕과 냉탕 사이에서,

채찍의 힘

맞아야 산다.

온몸 내려치는 모진 채찍
숱한 어지럼증 참으며
외발로 도는 팽이.

나도 세상의 채찍에
퍼렇게 맞은 적 있다
하늘이 빙빙 돌고 눈앞이 캄캄하던 그때,
그 채찍의 힘으로
다시 일어섰다.

새벽인력시장 날품팔이 사내들
잠을 설치고 모여들지만
꽁꽁 얼어붙은 일터

며칠 째 일이 없다.

대열에서 밀려난 사람들
그 자리 빙빙 돌며
구인광고지를 펼쳐본다.

알

알,
그 말 속에는
영글지 않은 까만 눈망울이 있다.

아직 빛을 보지 못한
그 어미와 똑 같은 둥근 삶이 거기 있다.
고요한 어둠 속
미지의 세상을 기다리는 숨결이
온몸에 가득하다.

여린 실핏줄이 버무려져
마침내 자신의 무게로 일어설
저 생명의 집.

날이 갈수록 어미의

모양새 갖추어 가며
파란 하늘을 콕콕 쪼는 중이다.

줄곧 꼬무락거리던 몸뚱이
바람과 햇살 알맞은 때에 맞춰
답답했던 껍질을 뚫고 나오면
제 어미가 쪼아온
빈 이랑이 보인다.

내 몸에 먼 곳이 있다

손이 닿지 않는다.

내 몸 뒤편,
등이 가려운데
안간힘을 다해 손을 뻗어보지만
끝내 그곳까지 이르지 못한다.

늘 어머니와 아내의 손이
약손처럼 스쳐가던 그 자리,
잠 못드는 이 밤
나를 넘어뜨릴 듯
끝내 몸속까지 굼실거리며 기어간다.

바로 내 등뒤인데
한 번도 닿아본 적 없는

이리도 아득한 거리가 있다니,
통증처럼 파고드는 혼자의 시간
견디다 못해 다급하게 찾는 손
어느 산사에 갔을 때 아내가 데려온
대나무 효자손뿐이다
등뼈 타고 오르던 가려움증을
겨우 쓸어낸다.

나무 손자국이 벌겋다.

배추밭 농장

한 달에 두어 번 농협에 간다
단말기에 영농일지를 넣으면
시설 관리비, 가스비 신용카드대금…
그간 다녀간 크고 작은 발자국들
깨알 같이 햇볕에 쏟아진다.

이랑 곳곳에 배추포기 푸르다
가뭄에도 병충해에도 강한 저 배추들,
첫째도 둘째도 셋째도
땀 흘려 꼬박꼬박 심어 놓았다
한줄기의 고구마처럼 매달려 나온 잔고
어느 볏단 부럽지 않은 풍농이다.

조그마한 농원이지만
내가 가꾼 텃밭에서 자란 배추들

지금은 내 텃밭에 밑거름이 되고 있다
웃음꽃 환히 품에 안기는
속살 노랗게 꽉꽉 채우는 어린 배추도 있다.

오늘도 농협에 갔다
자식 세 놈이 다녀간 흔적이 찍혀있다
푸른 배춧잎이 나를 지키고 있다.

미역국

생일날,
어릴 적엔 어머니가 끓여주신 미역국
장가들고는 아내가
지금은 며느리가
정을 담아서 끓여준다.

다섯 해,
혼자 받은 밥상,
오랫동안 길들여진 아내의 손맛
나는 아직도 그 맛을 잊지 못한다.

한줌 미역에 물을 부으면
되살아나는 바다
가슴속 어머니와 아내가 일렁인다.

어머니와 아내가
산고 끝에 드는 첫국밥
헛헛한 몸에서 젖으로 빚어
애들을 키웠다.

산고를 겪어보지 못한 나는
어머니와 아내가
먹어야할 그 국을 먹을 때마다
목이 메인다.

돌아오는 기일에는
내가 손수 끓인 미역국을
바치고 싶다.

위대한 재봉사

거미는 한번도
바느질을 배운 적이 없는데
어떻게 솔기와 솔기를 이어 붙였을까
가지런한 저 솜씨.

나무와 나무 사이를 연결한 가는 실들
심한 비바람이 쳐도 흔들리기만 할뿐
끊기는 일이 없다.

허공의 빈집, 문마저 없는데
좀처럼 찾는 이가 없다
바람만 수시로 들락거린다.

밤사이 내린 이슬
아침햇살에 투명하게 반짝거려

아무도 얼씬 않던 집 한 채가
송두리째 드러났다.

이슬이 마르기 기다려
기척이 올 때까지 숨소리도 죽인
기나긴 잠복의 시간
허기진 배를 움켜쥐고 있다.

수많은 사람과 차량이 통행할 때
출렁거리기만 하는 신비의 저 금문교도
거미줄의 인장력에서 시작되었다.

구두병원

맡겨둔 신발을 들어다 보는
나이 지긋한 저 수리공은
구두가 걸어온 길이 보이는가 보다.

고양이 콧등처럼 할퀸 앞 부리
기울어진 뒷굽, 실밥이 터진 옆구리
뒷굽이 부러져 절뚝거린 하이힐
상처투성이 저 구두들
무거운 짐 내려놓고 이곳에 다 모였다.

한 평 남짓한 수선집
노루발장도리의 화음이 끊이질 않는다
밥을 쫓아 쉬지 않고 걸었던 밑창을 열어
이곳 저곳 깁고 붙인다
약을 발라 상처도 지워준다.

그 동안 수선했던 길은 얼마일까
정작 제 길은
한 번도 잇지 못한 사내,
가늘어진 나이테가 늘어도
오늘도 끊어진 길을 수선하고 있다.

겨울 허수아비

생살 한 점 없는 허수아비
가진거라곤 헌옷 한 벌이 전부였다
밤이슬로 목을 축이고
훠어이 훠어이 오지마라 외쳤다.

약삭빠른 참새들
외발로 멍하니 서 있는 거 다 알아버렸다
떼거리로 몰려와 배 불리고
허수아비 머리에 제 주둥이를 닦는다.

모두 다 챙겨가고
홀로 남은
텅 빈 들녘
성자처럼 하얗게 서 있다
계절의 긴 행간에 적막이 가득하다.

얼음꽃 솟아오른 땅이지만
떨어뜨린 알곡, 아직 숨을 쉬고 있다고
수만리 날갯짓 숨찬 철새들에게
머나먼 길, 쉬어가라고 손짓을 한다.

눈보라 치는 바깥세상,
홑겹 옷 한 벌 걸치고
물어뜯는 찬바람에 떨고 있다.

행주

설거지를 하다가 생각한다.
희생이란
그 누구에게 이 한 몸
기꺼이 내어주는 것이라고.

늘 물에 젖은 채
들러붙은 끈적함 지워내며
도마의 아픔도 씻겨준다.

다시 본래의 모습으로 돌아가기 위해
끓는 물에도 주저없이
뛰어드는 모습.

누구라도
저 같은 아픔 없이 그 무엇을

정결히 할 수 있을까.

나, 누구를 위해 아파 본적이 있었던가
마음의 모서리부터 뭉그러뜨리고
하얗고 부드러워져야
비로소 완성 되는 것을,

설거지를 하다가
문득, 생각해내는…
이 행주 같은 삶.

이름으로 본 자화상

내 이름은
한학을 하신 할아버지께서
황금(金), 으뜸(元)으로 밝게(明)
이 세상 비추라고 元明이라 지어 주셨다.

그러나 해와 달같이 밝지 못하고
보일 듯 말듯한 작은 별로 살아왔다
우연히 만난 달덩이 같은 아내와
백년언약으로 해와 달 하나(明)되어
겨우 내 앞가림이나 해왔다.

세상의 빛으로
환하게 뜨고픈 욕망이야 없으랴만
힘들고 고달플 적엔
조상 탓, 이름 탓하며

유명 작명가 찾아 개명할 생각 한적도 있었다
그렇지만 그 작은 빛으로 장막을 거두며
내 이름을 지켜왔다.

반 백 년 만에 아내를 잃고
그 작은 빛마저 반쪽으로 나뉘어진 채
어둠을 지키는 세상과의 인연,
명(明)이 아닌 명(命)으로 늙어가고 있다.

도시의 소음에 자정을 지새우며
궤도를 이탈한 달님을 쫓는 이 밤
한번도 으뜸이 되지 못한 내 이름을
쓰다듬듯 가만히 불러본다.

북

죽은 소가 소나무를 껴안고 운다
나무도 죽어서 소에 안겨 울림통이 된다
두 죽음의 만남은 소리의 씨줄과 날줄,
휘몰아친 눈보라와 산사의 목탁소리 삼킨 소나무와
수없이 등짝 얻어맞은 소의 울음은
조일수록 팽팽한 반골이 된다.

북채로 맞고 터져 나오는 울음소리
저 통 안에 날 선 칼날에 잘린 앙금이 남아있다
함께 껴안은 아픔은
때로는 천지를 진동시키는 함성이 되고
둥둥둥 울리는 장단 따라 춤사위 너풀너풀
소리의 길을 내기도 한다.

가슴에 매달려 심장처럼 둥둥 울리는
죽어서도 죽지 않은 둥근 울음,
얼마나 많은 울음을 품고 있을까
몇 날 며칠을 울다 보면 북도 목이 쉰다.

소띠로 살아온 내 삶,
북채가 소리를 끄집어내듯 내 슬픔을 끌어낸다
목 메이게 부르며 너를 삼켰던,
내 속에 고스란히 고인 울음을 꺼내어 시를 쓴다
내 울음소리 멀리멀리 퍼져나가
얼마나 많은 가슴을 울릴 수 있을까

북이 울고 있다
가슴이 울고 있다.

등

한치 앞도 알 수 없는
운명, 어느 날 갑자기 찾아온다.

나는 활처럼 휘어져 가며
등허리 힘으로 살아왔다.

나의 어머니
활처럼 구부러져서도
한참이나 멀리 화살촉을 날렸건만

내 등받이였던 아내는
등줄기 휘어지기도 전 부러져
홀연히 과녁을 뚫고 갔다.

모두가 슬픔을 삭이는 사이
낙타 등을 타고 모래언덕을 넘어
사라진 화살촉을 찾아 나섰다.

적막뿐인 모래바람 벌판
헤매이다 대신 시를 찾았다
몸에 새겨진 울음은 모두 시가 되었다.

사막의 끝자락
하늘이 끌어당기는 그날까지
나는 고통의 활촉을 날리는
울음의 시인이 되었다.

호미 한 자루

진종일 밭두렁에서
고랑치고 북을 돋우던 어머니
오른손에 들려있던 호미
여든 아홉 수壽에 놓으셨다.

이승 떠나실 적 놓고 간 호미
시골집 허름한 헛청에
일곱 해가 넘도록 걸려 있다.

뾰족하던 끝날
주걱같이 닳도록
질긴 땅을 파헤치고
적삼을 흠뻑 적시던 땀방울이
빨갛게 녹슬어 있다.

울컥 밀려오는 그리움 삭이며
동구 밖 찾아가는 콩밭
호미는 보이지 않고
개망초 흐드러지게 피어있다.

묘비 앞에 꿇어 앉으니
어디선가 뻐꾹새 울음소리 날아온다
석상 앞 수북이 자란 잡초를 뽑으며
다 닳아빠진 손톱을 생각한다.

열매

스쳐간 봄바람이
흔적을 남겼다
벌 나비 지나간,
자리마다 씨앗을 심어 놓았다.

봄이 길을 내지 않는
나무는 없다.

무화과는 길이 속으로 나있건만
무엇에 쏘였길래
저 속에서 씨를 맺는가,

꽃진 꼭지마다
햇살에 익어가는 살 내음 풍기며

여문 알몸들
하늘 한 자락 물고 있다.

속살 꽉꽉 채워주려
단맛 다 퍼준 나무들
쓴맛만 앙상하게 담고
차가운 겨울 앞에 서있다.

된바람 헤쳐온
세상의 어머니들처럼…

달력

벽에 닻을 걸었던
열두 척의 배,
첫배가 엄동에 출항을 하였다
무거운 내 짐을 싣고,

꽃비가 내리고 들꽃이 필 때도
오한에 떨며
나는 그늘에 홀로 앉아 있었다.
가야할 매운 세월은
강물처럼 더 깊어졌다.

열두 번째 배가
항해를 다 마칠 때까지
아무 일도 없이 또 한 해가 지나간다.
순항이 꼭 좋은 것만은 아니었다.

혹독한 외로움만 가득히 실은
빈 배였으니까.

망망한 바다 헤쳐 나갈 신조선新造船
열 두 척을 또 다시 벽에 매달았다
동그라미, 세모는 미리 실어두었다
새해 아침 불빛을 타전하는
일출이 출항을 기다리고 있다.

태양초

양철 지붕이 뻘겋게 불 붙었다.

뜨겁게 달아오른
혈기 왕성한 사내들이 벌거벗은 채
뒤엉켜 일광욕을 하고 있다.

여름 내내 바람과 햇살에 살찌운
핏기 가득 찬 속살을
다시 볕에 되돌려 주고 있다
붉은 가죽 속에 숨겨둔 볕들이
노랗게 익어가는 소리 맵다.

산허리의 능선 바람따라
계절은 가고 또 오고…
납작 엎드린 매운맛의 남정네들

포대에 담겨 어디론가 실려간다.

뭇 사내들 주렁주렁 매달았던
저문 들녘, 품어 주었던 이랑을
아직 떠나지 못하고 있는 고춧대
찬 서리에 누렇게 시들고 있다.

어머니가 복중에서부터 쓰다듬어주던
내 초록무늬도 어느새 빨갛게 익었다
청양고추처럼 매운 세상을
어머니의 힘으로 아무 탈없이 건너왔다.

붉은 피 다 말리신 어머니
한 움큼 쏟아 놓은 노란 사리들!

간장 항아리

우리 집 장맛은
할머니에서 어머니에로
다시 며느리에게 이어졌다.

장 담그는 정월 보름 말날
볕 좋은 장독대에
금줄을 두르고 뚜껑을 여셨다.

계란 하나 띄우고
염도 맞춘 소금물에
고추와 참숯도 일가로 아우러졌다
기웃대던 햇살의 설법을 듣고
볕에 익어가는 간장 항아리
깊은 속맛 다 우러난다.

장 달이는 날
장작불에 무쇠 솥 펄펄 끓고
그날 밤은 아랫목도 절절 끓었다.

잘 삭은 새카만 간장 속에는
콩밭 매는 아낙네의 콧노래와
스쳐간 소나기 소리도 들어 있다.

수많은 세월 손맛을 이어온
우물처럼 깊어진 항아리
흰구름 한 점 떠있다.

놀이터 가는 길

손녀의 손을 잡고
어린이 놀이터 가던 중에
보도블록 틈새 민들레를 만났다.

척박한 곳에
따스한 햇살과 바람을 끌어안고
노란 웃음을 빙그레 띠고 있다
위험한 발자국을 피해
바닥에 납작 엎드려 있다.

손녀와 눈을 마주친 민들레,

할아버지
이 꽃은 누가 여기에 심었어요
물은 누가 주는 거에요

저 가슴에 측은지심이 싹트고 있었다니,
네 살배기 손녀를 꼭 안아 주었다.

들꽃은 하나님이 기른다는
어느 시인의 시구가 번쩍 스쳐간다.

무심코 짓밟은 적은 없었을까
눈길 한번 주지 않고 지나쳐버렸던 나,
손녀에게 민들레에게 고개를 숙인다.

구절초 九節草

구절초를 보면 어머니 생각이 난다.

화사한 봄날에 화초들이
꽃잎을 펼치는 동안
비탈진 언덕에서
안간힘으로 대궁을 밀어 올려
구월의 하늘아래
그윽한 향기 풀어 올리셨다.

구비구비 가시밭길
손마디마디가 다 휘도록
세상의 쓴맛은 모조리 당신이 삼키시고
단맛은 모두 자식에게 주셨다.

그늘 한 점 없는 들녘
그 땡볕아래 적삼이 흥건히 젖으셨다.

끝내는
굽은 허리 펴보지도 못하고
찬 이슬에 지고만 어머니,
나는 그 들녘에 서서
서리에 지쳐가는 구절초를 보고 있다.

아름다운 손

나는 어머니의 텃밭에서 자랐다
가뭄에 물을 대고
북을 돋우시던 어머니
덩굴손 뻗어 밭고랑 끝까지 기어갔다.

내가 손톱을 세울 때도
어머니는 주저 없이 나를 붙잡아 주셨다
내 허물 다독이며 늘 바른길 가라던
어머니는 나의 바른 손이다.

언젠가 내 발에 넘어진 친구에게
어머니가 내게 손 내밀 듯
웃으며 손을 내민 적이 있다.

나는 세상에서
언제나 나의 등을 다독여준
가장 따뜻한 손을 알고 있다.

내 울음에
손바닥이 다 젖었던 손.

손을 펴면
어머니가 걸어온 길이 보인다
구불구불한 길은 내 삶의 지표였다.

문고리

두메산골 찬바람에
밤새 문풍지가 울었다
신음소리 창호지를 붉게 적시고,
치마끈 문고리에 친친 휘감아도
어머니의 문은 쉽게 열리지 않았다.

동이 틀 무렵, 문고리가 덜렁거리고
나는 좁은 산도産道를 간신히 빠져 나왔다.

허공에 찍은 첫 발자국
세상의 첫 고리는 어머니였다.

양수 묻은 굴렁쇠
멀고 먼 태양계 빙빙 돌아
어느덧 칠순고개, 꽤나 멀리 왔다.

하늘아래 눈보다 흰 발자취 남기고 싶었다
성자의 몸짓
그 꿈을 이루고 싶었다.

아직도 고운 발자국 하나 찍지 못하고
노을의 경계마저 어둠에 묻혀갈 때
문고리를 잡고 힘겹게 일어선다.

아기 울음소리 들리는 옛집
그날의 안간힘이 희미하게 묻어있는 문고리
어머니 손을 잡듯 가만히 만져본다.

북어

무슨 큰 죄를 지었다고
망망대해 유영에서 줄줄이 끌려와
배 갈라 내장 다 뜯기고
설한풍 몰아치는 덕장이란 말인가.

덕대에 매달려
횡계리*에 베링해를 풀어 놓고
혹독한 칼 바람 햇살에 얼었다 풀렸다
몇 날 몇 밤의 고문 끝에
비린내도 소금기도 다 내어주었다.

노르스름하게 잘 익은 뒤,
방망이 모질게 맞고서야
명태라는 이름은 황태로 개명되었다.

제사상에 제물이 되기도 하고
온몸 갈기갈기 찢겨
속풀이 해장국이 되기도 한다.

보글보글 가득한 국 한 사발
숙취 사내의 아침을 일으켜 세운다.

* 강원도 평창군 소재 황태 덕장.

어버이의 지팡이

팔 남매 올망졸망 등에 메고
온몸 비지땀 범벅인 버거운 지게
참나무 작대기 하나로 의지하고 서있다
병이 깊어져 아버지는 지팡이 없이
홀연히 가셨다

병석에 오래 누워 계시던 어머니
병원에 가실 땐 종잇장 같은 몸 맡기더니
지린내 나는 기저귀 바꾸자면
두 무릎을 오므리셨다
영영 이별을 앞두고 자식놈에게도
아랫도리 가리는 본능은 살아 있었다.

자식 노릇 제대로 못한 나는
지금도 그분들의 덥수룩한 머리카락

일년에 고작 한번 깎아 드리던
어수룩한 지팡이 아니었던가

애들에게 미더운 지팡이였을까
가진 건 누구에게도
짐이 되고 쉽지 않은 마음뿐,

산등성이 걸친 저녁 해도
산 지팡이를 짚고
오늘 하루를 넘어간다.

조문

망자를 위해 피는 꽃이 있다.

문상객보다 먼저 달려와
머나먼 하늘나라 문고리를 잡고 피는 꽃,
입구부터 줄지어 하얗게 피어 있다.

애초에는 이곳이 아닌 다른 곳을
꿈꾸고 있었을 것이다.
단상이나 식탁 위에 우아하게
만발하고 싶었을 것이다.

하지만 이곳은
울음소리만 들리는 영안실,
사흘 후면 고인을 따라가야 한다.

한창 꽃잎을 펼쳐야 할 때
제 뿌리 잘린 고통은 잊은 채
밤낮으로 목쉰 울음을 삼키고 있다
지쳐가는 촛불을, 널브러진 밤을
지켜보아야 한다.

끝내는 장지까지 따라가
어디론가 사라져야 할 저 꽃들,
영정사진을 품고 환하게 피어 있다
곡소리가 높아지자
이승의 문이 닫히기 시작한다.

우문시답友問詩答

참 오랜만의 옛 동료들 모임
저마다 제 잘난 채 한 마디에
시장통처럼 소란스러워진다.

쌀 막걸리 두어 순배 돌자
골프와 아랫도리 이야기는 단골손님
만발한 웃음꽃 아직도 노을빛 보다 붉다.

곁에 앉았던 친구가
시詩 배추밭 농장*을 읽었다며 내게 묻는다

"그래 농장은 어디에 있느냐"
"우리 집에 있다"고 대답했다.
"아니 자네 집은 아파트가 아니던가"
"그래도 비좁은 그 안에 있네"

"요즘 골프모임은 왜 안 나오는 거야"
"밭갈이 괭이로는 칠 수가 없어서"

고적한 내 삶이
서리 맞은 홍시로 익어
저녁 노을에 까치밥이 되는 그날까지
사시사철 푸른 저 배추밭에 서서
오늘도 외로운 한편의 시문을 연다.

* 연금 없는 아비를 위해 자녀들의 생활비 지원으로 살
  아가는 내 삶을 배추밭 농장에 비유해 쓴 시임.

주말을 기다리며

주말이면
며느리와 딸이 봄볕처럼 다녀간다
손자 손녀의 초롱초롱한 눈망울
웃음꽃도 피어있다.

보시기에 담아온 햇볕으로
내 식탁은 봄날이었다.

수십 년 전
여섯 달 시한부 삶을 사르던 아버지,
나는 매 주말마다
일곱 시간이 넘도록 숨차게 달려가
상복을 수없이 입었다 벗었다 했었다
돈 들고 힘 든다고 오지 말라시던 아버지,
사나흘만 지나면 오늘이 무슨 요일이냐며

대문에서 눈을 때지 못 하셨다고
어머니가 귀띔해주셨다.

아버지보다 나이가 많은, 나
달력에 빨간 글씨를 자꾸만 쳐다본다
내가 유일하게 껴안아 볼 수 있는
수밀도 향내도있다
제 할미의 눈빛이 피어나는
네 살배기 손녀.

어느덧 나는 그 옛날 아버지 닮은
빨간 숫자가 되어 있다.

할머니와 들고양이

비가 멈춘 뒤,
자동차 엔진 열기에 젖은 몸 말리던 고양이가
햇살을 틈타, 게으름을 지고 기어 나온다
한 할머니가 날마다 쓰레기통 곁에 놓아둔 음식물
그 속엔 생선 한 토막도 들어 있다
어미는 먹는 듯 마는 듯 이내
새끼에게 자리를 내어주고
주둥이를 닦으며 지켜보고 있다.

어느 날,
"고양이에게 먹이를 주지 마세요"
개체 수를 줄여야 한다는 주민의 여론에
관리소장 명의 광고지가 현관 게시판에 붙어 있다
할머니는 언짢은 표정으로
그 광고지를 확 뜯어 버린다

일터 잃고 집에도 못 오는 자식놈 눈에 밟혀
밥 한톨 넘기기 이리도 목 메인걸 누가 알랴

간절한 기다림으로 창 밖을 내다보며
구름에게나 소식을 묻던 할머니,
오늘도 헛되이 가슴엔 비가 내리는데
어느 버스 종점 구멍가게 처마밑에서
컵라면으로 끼니를 때우는지 가슴이 미어진다.

꼬리를 늘어뜨리고
담장 밑을 지나는 고양이의 허기
부엌 쪽으로 다가가 따뜻한 한 끼를 챙긴다
빌딩숲 사무실엔 불빛이 환한데
할머니 가슴에는
검은 구름이 잔뜩 끼어있다.

가계도

동洞 주민자치센터
그곳에 가면 내가 있다
어제와 오늘의 내가 살아 있다.

주민등록 초본을 신청했더니
어둠 속 단말기를 뚫고
내가 복제되어 걸어 나온다
처자를 데리고 철새처럼 옮겨 다닌
빼곡한 흔적들.

세간이 늘 적마다 넓어진 골목
그 길 닳도록 걸어온 발자국들이
선명하게 찍혀 나오고,

이제 장작개비같이 깡말라
사르르 타오를 고목
어느 산에 새 번지 주어질 때까지
내가 살고 있다.

가족관계증명서에는
나를 키워준 뿌리도 보였다
본관은 경주 김씨.

아버지의 아버지
푸른빛 무성한 줄기마다
포도송이처럼 주렁주렁 매달린 혈연
가계도家系圖에서 모두 만났다.

그곳에 가면
오래도록 지워지지 않는
구비구비 넘어온 길이 보인다.

제2부

저녁노을 빚는 시간

저물녘, 내리는 비

예고도 없이
장대비 쏟아지던 저물녘,
어둠이 깔리는 버스정류장에서
바짓가랑이 다 젖은 채
나를 기다려주던 너는
나의 우산이었다.

흙비 막아주고
흙비 속을 함께 건너던 네가
어느 날 진창에 빠져 허우적일 때
꼭 잡은 네 손을 놓을 수밖에 없었다
끝내 다시는 만질 수 없는 숨결
먹구름에 업혀 영을 넘고 말았다.

세상엔 궂은 비 내리고
바람도 세차게 창을 흔들어댄다
그 비바람 속을 네가 걸어오고 있지만
한 번도 만나지 못했다
꿈속인양 두 손만 흐느적거렸다.

느티나무 아래서 그네를 타던
그 웃음은 어디로 사라지고
허공이 비에 젖고 있다
빈 그네조차 비에 젖는다.

바람에 부러진 우산을 버리고
나는 비를 맞으며
빈집으로 돌아왔다.

머나먼 그곳,
거기에도 비가 내리는지
지금도 나를 기다리는지

연리지

너와 나,
경계를 허물어 함께
둥글게 둥글게 구르기 위해

우리는
그 문의 열쇠를
세상 밖으로 아주 던져버렸다.

언젠가
누가 먼저 이 세상을 떠나도
별 세계에서 다시 만날 그 날까지
이곳과 저곳에
잠시 떨어져 있을 뿐,

너와 나는
뗄 수 없는 한 몸,
나의 갈비뼈로 빚은
영원한 반쪽이다.

밑불

독거 노인이 차디찬 구들장에
깡마른 몸의 온기를 빼앗기고 있다
아랫목이라도 따스히 달구려
연탄에 불을 붙이고 있다.

불을 품은 연탄, 한때는
세상의 차디찬 등짝을 데워주었다
땅속의 몇 천년 전 기억을 지우며
제 몸을 태워내 독기마저 뱉어냈다
하얀 뼈로 사위어진 뒤에야
열아홉 개 숨구멍 숨을 거두었다.

좋은 금슬이란
아궁이 연탄처럼 타오르는 것
남남이 만나 한 몸으로 엉켜

밑불로 가슴에 불길을 건넨다
불꽃같은 열정으로 집요하게 타오르는
연리지連理枝 연분.

밑불이 꺼진 연탄,
번개탄을 피우다 눈물을 흘리며
하늘을 우러러 본다.

먼저 떠나간 사람이
아스라한 별이 되어 떠있다
안쓰러운 빛으로 내려 보고 있다.

반백년

굳게 맺은 언약,
뜻밖에도 하늘과 땅으로 갈라진
반백년을 뒤돌아보니
아롱다롱 자개 무늬다.

사랑도 소망도 반으로 꺾인 채
이제는 하늘만 우러러 보는데
찬 서릿발에 뼈가 시리다
뒷걸음질로 남은 몫을 돌아본다.

은하를 건너야 만날 수 있는 그곳,
내게서 하늘은 얼마나 멀리 있는가
거친 바람 부는 허허 벌판
아무도 동행할 사람 없이
물푸레나무 지팡이 짚고 걸어간다.

꼬박꼬박 찾아오는
세 끼니를 다 찾아먹어도
밥그릇 달그락거리는 소리는 없어
외로움의 허기가 가시지 않는다.

오늘도
동구 밖에 홀로 나와
산마루 넘어가는 하얀 구름에게
쌓인 안부를 실어 보낸다.

김밥천국

내 허기의 동굴 앞에
스물 네 시간 내내
환하게 불을 켜둔 비상구.

아내가 밥상에 놓았던
구수한 찌개와 밥맛은 아니지만
다진 양념들 밥알의 끈기로 붙들어
돌돌 말은 김밥 말이
주린 한 끼 생기를 심어준다.

생전에 김밥을 잘 말던 그녀,
조각구름에 김밥천국 상표라도 붙이고
하늘나라 어디쯤에서
또 김밥을 말고 있을까

개밥별 피어오를 때
어둠이 엎질러진
빈 둥지로 찾아가는 길목에서
환하게 불을 켜고 기다린 듯
내 허기를 붙잡아 세우곤 한다.

참기름으로 마사지하고
쟁반에 누운 저 행렬 위에 뿌려진
깨알들이 별처럼 반짝이고 있다
밤하늘에서 쏟아져 내려와
곤궁한 내게 머무를 별이다.

간이역 2

나는 너에게
간이역이었나

네가
앉았다 간 자리

오래도록
이렇게 아릴 수가 없다

이름 석 자
손수건 나부끼는

인기척 없는
초라한 잔상

조용한 굴뚝

— 제4주기 추모일에

추녀 끝에
햇살이야 다녀가곤 하지만
아궁이에 불기 마른지 오래,
구들장은 냉기만 엉켜있다.

그 겨울이 또 오고 있다
군불 지필 수 없는 몸뚱이
마지막 불꽃의 기억을 붙들고
몰아치는 찬바람 맨몸으로 맞는다.

등짝이 서늘하다
옆구리가 시리다
온 뼈마디가 아리다.

수면제 한 움큼이면
고요히 별나라에 갈 수 있으련만
삶의 형기가 끝나 옥문이 닫히는 그날까지
혹독한 밤을 애써 버텨낸다.

누운 뼈에 풀꽃 심는 신의 영역을
넘어가서는 아니 되기에
당신과 심은 씨앗 더 가꿔야 하기에,

아직도 숨쉬는
마음의 질화로에 담긴 불씨
시나브로 삭아가고

하얀 연기
스멀스멀 피어오르지 않는
뒤뜰이 조용하다.

신발

저 너머
그 누가 부르셨기에
신발도 신지 않으시고
맨발로 바삐 가셨나요

나만을 믿고
그 어디라도 따라왔던 신발,
부르기만 하면 언제라도
달려오던 발걸음이었습니다.

거친 들길 헤치며
밑창이 다 닳도록 쌓아 올린 짐,
그 하중 못 이겨 끝내 쓰러진 당신.

늘 일상에 쪼들리어
당신의 신발 노릇 한번 제대로 못한 죄,
기껏 가슴을 치는 일이 전부라니요
얼마나 다급했으면 말 한마디 없이
홀연히 떠나셨단 말이요.

주인 잃은 구두 한 켤레
신발장에 오도카니 앉아 있습니다
내 눈을 붙들고 놓아주질 않습니다.

하현달 3

반백여년의 끈적한 인연의 끈,
손 꼭 잡고 둥지를 지켰던 우리는
먹구름이 덮쳐오는 줄 몰랐습니다.

심장이 약해서
한 움큼씩 알약을 삼켰던 아내,
입었던 옷 그대로, 맨발로
내 곁을 떠나갔습니다.

창 밖의 나무들도
빈 몸으로 서 있던 그날,
곤한 잠에 빠진 나는
마지막 작별인사조차 듣지 못했습니다.

적막했던 그날 밤,
나는 뒤늦게 깨어나
땅을 치며
가슴을 쳤습니다.

잠 못 이룬 이 새벽
가슴에 하현달을 안고
부치지 못할 편지를 씁니다.

오늘밤도 그날의 하현달이
내 가슴으로 들어와 눕습니다.

산문일기

가슴에 산을 담고 산다.

양지바른 소망동산 기슭,
언제인가 내 몸도 받아 안을 그 산밑에
사랑하는 이의 체취를 먼저 묻었다.

그가 남긴 세월
푸른 이끼 옷을 껴입었다
바람과 구름, 다녀간 산새들 소리
묘비에 돌꽃 피어있다.

당신이 떠난 별까지의 거리
아직껏 다 좁히지 못했다
언젠가 함께 간 골목을 헤매다가
그 산에 올랐다

산은 당신을 지우고 말이 없다.

저 산정을 향해
넘어가는 꽃구름을 불러봐도
빈 소리만
저 혼자 되돌아 온다.

산 그림자를 데리고 돌아온 그날 밤
가슴으로 당신을 쓴다.

물 끓이기

마주할 사람 없는 밥상
그녀와 그릇 부딪치는 소리 언제였던가

혼자서 차리는 밥상 목젖에 걸려
그때부터 수저 놓기가 싫어졌다
냉장고는 하루 종일 앙다물고 말이 없다.

살맛 잃은 입맛, 낯선 음식에 혓바늘 돋아
퍼렇게 날 세워 씹을 일도
혀를 깨물릴 일도 없어졌다
그래도 허기는 꼬박꼬박 찾아왔다.

엉켜있는 삶의 모서리에 앉아
물 끓일 냄비와 젓가락으로

풀리지 않은 아픔, 애써
면발로 다독여 슬픔을 달랜다.

꼬불꼬불 엉켜있는 내 삶의 행간들,
나를 기다리며 보글보글 끓던
된장 뚝배기는 어디로 가고
그 자리에 뜨거운 물에도 잘 풀리지 않는
라면들 수북이 쌓여 있다.

끓어 오른 마음은 차갑게 식어 가는데
내 안에 서린 외로움은 풀리지 않는다
오늘도 냄비에 물을 끓인다
내 삶을 보글보글 끓인다.

재회를 꿈꾸며

저 첨탑 위 붉은 십자가
밤마다 핏빛 흥건히
어두운 밤 바다를 적시네
무거운 짐 진 자여 내게로 오라 하네

내 짐의 무게는 얼마인가
묵상에 잠긴 밤
짜디짠 그리움의 소금기에
하얗게 슬픔의 앙금이 남아있네

거친 방황의 바다를 건너도
저편
갈 수 없는 곳이 있네

오직 갈구해온 재회의 날
먼저 간 그곳에 당신이 나를
기다리고 있을 것이네

귀를 세우면 아득히 들리는 소리,
멀리서 나를 부르는 소리…

오래된 잠

내 가슴에
한 사람이 살고 있다.

봄비에 젖은 날
외로움이 얼마나 깊은지
끝이 보이지 않는다.

갈 곳 없는 마음을
차에 맡기고 어디론지 흘러간다
차창에도 내 마음이
빗방울로 찍히고 있다.

오래전 떠난 그 사람
산등성이에 쉬고 있다.
문이 없는 둥근 지붕아래

깊이 잠 들어
아무리 두드려도 기적이 없다.

상석 위, 한달 전에 놓았던
마른 꽃다발이 비에 젖는다.
초록지붕엔 새봄이 왔건만
오래된 잠은 깨어나지 않는다.

마지막 향기

손바닥을 펴 본다
한때는 푸른 강물이 흘렀지만
가뭄에 실개천 마르듯
쥔 것 없는 빈손이다.

한 생 젖어온 땀방울
지문 따라 흐르던 뜨거운 기억들
손톱에 봉숭아 꽃물 흐려지듯
다들 빠져나갔다.

그래도 질긴 인연
보고픈 사람
지워지지 않은 이름이 있다.

끝내 놓지 못하는 짙은 향기

손가락 걸며 약속했던
너의 진한 숨결이다.

지친 신발끈 다시 묶고
한발 한발 너를 향해 걸어간다.

추모공원

우직한 남편만 믿고
내 잔등을 타고 다니던 아내
양지바른 이곳에 산다네

늙은 황소 한 마리
눈비가 휘몰아쳐도 밤낮없이
질긴 고삐에 매여 하늘을 보네
그녀가 남긴 햇살 한 움큼씩 쬐며

들풀은 뜯는 듯 마는 듯
오직 지나온 발자국 반추하며
고픈 정 한껏 품어내는 노래
산등성이 밀어 올려
그 사모곡思慕曲 하늘에 이르네

적막이 머무는
서늘한 옛집 궁금한지
산새들 울음도 솔바람도
이따금 돌담장 넘어와 온밤을 흔드네

나는 오늘도
추모공원 고삐에 매어있네

돌아오는 길

그 혹한을 건너온
하늘 편지라도 읽고 싶어
앞마당에 심은 목련은
봄이 올 때마다 소식을 전하는데,

소식 한 번 없는 당신을 찾아
소망동산을 찾아갔습니다.

봉분에 잡초만 무성할 뿐,
몇 해가 지나도
당신은 움 하나 트지 않았습니다.

해는 저물어
홀로 산길을 내려옵니다.

다시 봄이 오면 기별이 올까요

그날, 나는 당신을 묻지 않고
가슴에 심었을 뿐입니다.

간이역 3

내게서 머물다 간 파랑새
다시는 오지 않네.

버팀목으로 앉았던 자리
텅 비어 어깨가 한쪽으로 기울고
몇 방울 남은 수액
점점 말라가네.

해마다 봄은 찾아오지만
신호등 꺼진 세월의 빈터
모란의 봄은 끝내 오지 않네

내게서 들풀처럼 사라진
이름 있었네

못다 쓴 원고지에
그 이름 그대로 남아있네.

한때는 저 별빛도
내 가지에 매달리기도 했었는데
세상의 선로를 타고 떠난
그는 끝내 돌아오지 않고
햇살에도 마르지 않는 이슬로
빈 선로는 젖어있네.

빨래 2

눅눅한 내 몸을 가려주던 허물
표백되어 허공을 매만진다
햇살에 한결 가벼워지려
외줄에 널려 출렁이는
몸짓이 눈부시다.

산비탈 타고 온 솔바람을 물고
흔들리는 깃발,
너울너울 한바탕 춤을 춰도
종일 땡볕에 내걸어도
축축히 젖은 내 마음은
마르지 않는다.

네게로 가는 길
멀기만 한

나는 젖은 옷이다
아내의 땀 내음과 엉클어져
어떤 세제로도 지워지지 않는다.

오랫동안
아내가 길들여 놓은 빨랫줄에 감겨
너풀거리며
흰구름 흘러가는
하늘을 우러르며 산다.

꽃이 지는 소리

— 제 5 주기 추모일에

찬 서리 매섭게 등을 떠밀던
동짓달, 검은 구름이 서릿발 앞세워
나를 건너, 당신을 데려 갔었다.

갑자기 끊긴 길 위,
바람도 세월도 모두가 낯설었다
어언 다섯 해가 지나도
마주보며 밥을 먹던 사람은 오지 않는다.

당신이 앉았던 그 자리
쓸쓸한 그림자만 남아 있다.

창 밖에는 몇 차례
꽃이 피고 졌지만

나는 꽃구경을 가지 않았다.
어느 날 저버린 당신이 떠올라
차마 그곳에 갈수가 없었다.

당신은 어느 자리에
꽃이 되어 떨어지고 있는지
꽃이 질 무렵마다
밤새 몸살을 앓는다.

봄, 한낮의 고요

아늑하던 나의 집은
마침표로 가득한 새장인가
한 마리 남은 새가
외줄을 타다 파닥거린다.

진종일 잠에 취한 전화기
나를 가두는 꿈에 빠져 있다
모두들 고달픈 일상에 감전되었는지
숨소리조차 들리지 않는다.

천지간에 봄이 온다고
베란다에 화초들도
꽃눈 꿈틀거리며 환한 미소 짓는데
그림자만 배회하고 있다.

무엇을 더 버려야 잊혀지랴
새의 가슴처럼 쪼그라들며
모란의 계절이 얼마나 그리웠을까
아무도 지울 수 없는 그 향기
아직도 가슴 속에 고여있는데,

인기척 없는 거실, 길고 긴 하루,
오직 한낮의 적막뿐이다.

외로움은 힘이 세다

며칠 만에 또 걸려온 안부 전화,

잘 지내요
그럭저럭 지내죠
아직도 혼자예요
그래, 그냥 살죠,

그냥그냥 산다고 대답했지만
왠지 텅 빈 가슴이 서늘하다.

내가 이길 수 없는 것은
오직 외로움,
소리 없는 울음으로 흐르는 강물이지
이 강물 한줄기 메운다 해도
내 가슴엔 메마르지 않는 샘이 있지

세상에서 가장 머나먼
길을 찾아 흐르는 샘,

함께 강물에 씻기고 깎인
영혼의 강바닥에 조약돌로 누워있다.

그럭저럭 지낸다
또 한 해가 저물고 있다.

꽃 편지

매서운 겨울을 건너온
진달래 개나리 목련
봄이 걸어오는 소리를 들으며
온 몸으로 편지를 쓰고 있다.

앞산 골짜기
소월의 가신 님 꽃길엔
두견의 핏빛 눈물이 질펀하다.

찬 서리 아직 머나먼데
미당은 한송이 국화를 피우려
봄부터 소쩍새 울음 삼키고 있다.

텅 빈 정원에서
영랑의 기다림으로 햇살을 모으지만

나의 모란은 끝내 깨어나지 않는다.

가슴에 겹겹이 쌓인 사연이
마당 한 켠에 쪼그리고
마른 봄볕만 하염없이 끌어안은
빈 가지에 주렁주렁 빗방울뿐,

서러운 봄날, 나는
부치지 못할 편지를 쓰고 있다.

자정

어둠이 겹겹이 벽을 쌓으며
어제와 오늘이 이마를 마주친다
내 눈 깊숙이 잠겨 잠 못 이루는
초롱초롱한 별 하나.

지난날, 빛과 그림자
달빛에 일어서는 조개무늬 속
수수만리 잠을 뒤척이다
몇 번을 돌아누워도
여전히 그 자리.

천 년의 늪 같은 자정, 아무리
안간힘을 써도 어둠 속으로
점점 더 깊게 빠져 든다.

소실점을 가늠할 수 없는
이 고적孤寂, 잠들지 못하고
때를 놓쳐버린 내 잠은
어디론지 흘러가

자정을 넘은 황량한 내 영혼
먼 길을 돌고 돌아
새벽에 이른 때도 있었다.

저녁노을 빚는 시간

하루를 지우고
젖어드는 어스름에
어떤 무늬의 여백도 주지 않는
저 핏빛 산고産苦여.

이윽고 산이 노을 한 채를 거두면
세상의 모든 그리움은
다시 별에게로 간다.
노을 속에 감추어진 그리움을
모두 저 별에게 보냈다.

어둠이 창문을 넘어와도
나는 촛불을 켜지 않은 채
저만큼서 눈짓하는 그대에게 간다.
머나 먼 수직,

오직 반짝이는 눈빛을 읽으며
시리도록 우러러본다.

날마다 밤하늘을 덮고
잠이 든다.

겨울나기 2

한파주의보에 도시가 떨고 있다.

텔레비전에서 흘러 나오는 추위가
가슴을 파고 드는 날
사 년 전 아내가 사주었던 방한복
옷장에서 깊은 잠에 빠져있던 오리털파카를 꺼내
얼어붙은 마음을 데운다.

오리의 깃털보다 포근했던 그는
지금 이 혹한에 산비탈에 누워있다.

문득 그 파카 속에서
깃털을 부풀려 온기를 흘려 보낸다.
가슴에 엉킨 냉기가 빠져 나온다.

이산 저산 다 할퀴고
도시마저 움츠러든 칼바람에도
그가 주고 간
이 한 벌로 훈훈하다.

꺼지지 않은 당신이라는 불씨
아직도 내 가슴에 살아 숨쉰다.

환거 鰥居

엘리어트는 4월은 잔인한 달이다 했지만
내겐 그 보다 더 잔인한 달이 동짓달이다.

혼자 보낸 머나먼 길,
너무나 낯설고 숨이 막혀
나는 따라가지 못했다.
당신이 새처럼 날아간 하늘만
우두커니 바라만 본다.

밥상머리에서 나누던
다정한 대화는 어디로 가고
찬밥 한 그릇을 묵묵히 떠 넣는다.

이 한겨울, 까치는 설목雪木에 살아도
내 솜이불보다 더 따뜻하겠지…

나는 아랫목에 누워서도
옆구리가 시리다.

땅에 묻힐 김장독 같은 섣달
또 한 해가 저물어 간다
빈 김장독인양 가슴이 허전하다.

준비 없는 고별

노을 길, 버스에서 내릴 적에
나는 단말기에 카드를 찍고
아내는 하늘문 열쇠를 찍어
파랑새처럼 날아갔다.
여정의 끝은 하늘과 땅이었다.

아무런 이별 연습도 없이
영영 못 올 길, 작별인사도 없이
한 마리 새로 날아간 하늘은
노랗게 물이 들고
동행은 속절없이 마감되었다.

함께 날아가지 못한
죽지 부러진 새 한 마리,

함께 걷던 그 길 그대로인데
왜 이리 낯설고 바람은 차가운지…

홀로인 몸,
얼마나 자유로울까 싶지만
어디를 보아도 의지할 곳 없는
빈집의 적막 속에 아른거리는 기억들
되새김질하는 일상이 지독히 지루하다.

거리에
저 수많은 얼굴들 속에 들어가 보아도
가슴에 쌓이는 건 소음뿐
고장 난 수도꼭지처럼 내가 새고 있다
잠글 수 없는 슬픔에
황혼이 젖어 오고 있다.

지우개 달린 연필

우리는 한 몸,
푸른 숲에서 배어난 향기만 담으려
앞서거니 뒤서거니
쓰고 지우면 여백이 다시 살아난다.

하얀 종이 앞에
설레임으로 낯선 길 도전하지만
때때로 길을 잘못 들면
달려와 온몸으로 지워준다
잘못 디딘 발걸음으로
서로 생살을 뭉툭뭉툭 떼어준 적도 있었다.

머나먼 길 오는 동안
조금씩 닳은 줄만 알았더니
어느 날 보니 너무 많이 닳아 보이지 않는다

그때서야 지워주고 새 길 내주던
너의 소중함을 알았다.

몽당연필로 소임을 다 했을 때
함께 버려지는 운명이었어야 했건만
아직 갈길 먼데 나의 지우개는
지금 내 곁에 없다니…

수평선을 당기다

하늘과 맞닿은
아스라한 저 수평선,
저 직선 따라가면 그녀의 손을 잡을 수 있을까.

하루에 두 차례 파도를 앞세워
뭍으로 전령을 보내는 바다
아침과 저녁은 모두 저 너머로 넘어가고
다시 되돌아왔지만 내가 기다리는 것들은
아직도 오지 않았다.

모래밭의 깨알 같은 사연들
파도가 복사해 간 많은 날들은
저 너머에 모두 쌓여 있을까
행여 소식이나 한줌 주우려고
내 귀는 대합처럼 커진다.

바람소리 드나드는 겨울 바닷가
긴긴 기다림 실어다 전해 주려나
외발로 써온 사연들을
모래밭에 긴 문장으로 적어 놓는다.

그리움이란 이 한 잔의 온기로
소금기에 절은 기억을 달랠 수 있을까
홀로 붉어진 노을 유리창에 그득하다.

또 기약 없는 하루가
수평선 너머 멀어져 가고…

단축버튼 1

내 휴대폰 단축버튼 1
아내가 오래도록 지켜왔던
맨 첫 째인 자리.
몇 년 전 아내가 놓고 간 뒤
지금은 큰딸이 차지했다.

딸의 단축버튼 1도
원래는 엄마인 아내의 자리, 지금은
아빠인 내가 앉아 있다.

언제 어디서나 1을
길게 누르기만 하면 한걸음에 달려오던
"응, 여보"가
"응, 아빠"로 바뀌었다.

딱히 할 말이 없어도
수시로 누르고 싶었던 1,
그 속엔 귀에 익은 다정한 목소리가 있어
아직도 귀를 후빈다.

꽃구름 한 덩이 산봉우리 넘다가
야윈 웃음으로 머뭇거린다.
하루에도 몇 번씩
혹시나 싶어 1을 길게 누르고 싶어진다.

마중물

하루에도 몇 차례
지하철에서도 깊은 산골에서도
무지개 떴던 핸드폰,
몇 년째 먹구름이 끼어 있다.

서로를 찾는 발신음
허공 어디쯤에서 서로 비껴가고
그 곱던 무지개는 뜨지 않는다.

밤늦은 귀갓길
내 발소리를 기다려준 사람
행여 닿을 수 있을까
물길이 끊긴 펌프에
마중물 몇 바가지 부어본다.

내게 마중물이었던 사람
다정한 목소리 들리지 않는다.

끝내 전화는 울리지 않는다.

시간 허물기

그 짧은 잠,
세상의 새벽보다 먼저 깨어
하늘의 이부자리에 누운 별을 본다
사방이 벽뿐인 하루의 시작이다.

내가 차린 밥상
혼자 앉아서 밥을 먹는데
물에 만 밥알이 자꾸만 미끄러진다.

아침 일찍 컴퓨터 열고 들어가
강변에 찍혔던 발자국 찾아 헤매었어도
시 한편 얻지 못하고
문밖이 궁금해 텔레비전을 켜본다.

세상이 소란스러워
발길을 돌려야 했다.
기다리는 사람은 오지 않고
시간은 내편이 아니었다.

유아원에서 돌아온
손녀 아진이가 고요를 깨트린다
얼어붙었던 내 입을 풀어주고
한동안 웃음꽃을 피우기도 한다
저물녘 아이가 돌아간 후
다시금 겹겹이 쌓이는 정적.

남은 시간을 허물며
진창 늪을 건너야 하는
나그네 길, 어디쯤에서 일몰에

견인될 수 있을까

오늘도 어제와 같은
하루의 벽에 갇혔다.

환청

전화벨이 잠속으로 뛰어든다.
설핏 닫힌 잠의 문이 열리고
다정한 목소리가 내실로 건너온다.

"형부, 저에요"
태평양을 건너 온 귀에 익은 목소리
언니의 눈빛과 목소리 꼭 닮은 처제
아내가 살아온 듯 반갑다.

환청인 듯, 아득한 목소리,
한참이나 기억을 어루만진다.

오가는 내 말속에 은연중 울음이 섞여 있다.
빗물에 늘어진 빨래처럼
그렇게 무거운 마음의 중량을

어느 틈에 달아본 처제,

이제 그만 잊으셔야죠.
형부의 애면글면하는 모습에
언니 마음도 편할 리 없을 거예요.

긴 통화는 끝났지만
전화선에 방울방울 매달린 눈물,
밤새도록 마르지 않았다.

이승을 떠난 사람이라고
어찌 그리 쉽게 잊을 수 있을까.
젖은 마음 하늘 건너 적시었다.

제3부

지팡이에 대한 생각

꼬마 시인

손녀와 손주는 시인이다.

벽초지수목원*에 가족 나들이 가던 날
잔뜩 찌푸린 날씨에도
승용차에는 웃음꽃이 활짝 피었다.

이윽고 바람이 오가며 구름이 흩어지고
파란 하늘에 햇살이 드러나자
네 살배기 손녀
"할아버지, 구름이 지워진 자리에 해님이 나왔어요"
꽃봉오리 웃음이 시로 피어난다.

초등학교 삼학년 손주
가을철 교내 백일장에서 우수상을 받았다.

"은행잎이 떨어진다
손바닥들이 떨어진다
노란 부채들이 우수수 쏟아진다.
……"

구름이 지워지다니!
가을 은행잎이 노란 부채라니!
5년 가까이 시를 쓴다는 할애비도
미처 상상도 못했던 시어詩語,
무지갯빛보다 곱게 펼친 상상의 나래가
시인 할애비를 무색하게 하였다.

구름 속에서 해님을 캐낸

손녀가 쓴 시 한 구절
뭉클하게 젖은 내 가슴에
해바라기꽃 무더기로 피었다.

* 경기도 파주시 광탄면 소재 수목원.

박꽃

하얀 웃음꽃이
초가지붕에 피어 있다.

거듭된 목 메임에 입술이 말라도
오직 깨끗한 마음 하나로
하늘을 쳐다봄이 전부였다.

어둠에서도 환한 저 박꽃
달빛으로 지은 흰옷 입고 앉아 있다.

밤마다 내려온 달님이
하늘의 뜻을 새겨 넣어
억척스런 줄기마다
박덩이 주렁주렁 열렸다.

햇살 고은 가을날
잘 영근 달덩이 가슴을 여니
하얀 속살, 하늘의 그윽한 향기
온 마을에 퍼졌다.

광야를 헤매다

나는 아직도
광야대학 유급생입니다
40년이 넘었어도 광야에 남겨진 채
가나안 땅으로 건너가지 못하는…

젖과 꿀은 먼 나라 동화 속의 이야기
저 자유의 땅으로 가지 못하는 까닭은
출애굽 전 근성 버리지 못하고
마음을 다 비우지 못한 탓이라 합니다.

장미꽃에 맺힌 이슬,
아침 햇살에 반짝일 때에도
광막한 모래언덕을 맴돌 듯
70평생 이 땅에 바람으로 떠돌다가
빛과 소금이 되지 못했습니다.

마지막 나와 동행할 딱 한 분
그 분 음성 들으려
밤 깊도록 엎드리옵니다.

얼마나 더 비워야 합니까?
저 태양이 서산을 다 태우기 전에
아흔 아홉 마리의 양떼에 엉키는
한 마리의 양*이 되게 하소서.

* 성경 누가 복음 제15장 1~7절.

배밭 혼야婚夜

배꽃 만발한 나무 아래서
늙은 농부가 노총각 아들에게
인공수정법을 가르쳐 주고 있다
총채처럼 생긴 긴 막대기를
꽃송이 위로 휘젓고 다니라고 한다.

날지 못하는 벌 한 마리
하루 종일 땅바닥을 기어 다닌다
하마터면
잉태 없는 꽃 잔치로 끝날 뻔 했던
배나무들 수임기는 사나흘뿐이다
꽃가루로 몸을 섞는다.

문득, 귀 기울이면
하얀 금침 출렁이는 소리

벌도 꽃술머리도 꽃가루 낭자한 잔치,
뿌리까지 간지러웠던 꽃송이들은
씨방에 연둣빛 입덧이 한창이다
땡볕 햇살 지나 가을이 오면
환희의 황금덩이 풍성하겠다.

저 농가 안에는 아직
어느 곳에도 수정된 배나무가 없다
아기 울음소리가 들리지 않는다
주렁주렁 매달린 배,
부러운 눈빛으로 만져보고 있다.

진화 또는 퇴화

시린 무릎을 지팡이로 지탱하다가
허리마저 더 굽어지면서
하릴없이 다리는 여섯이 되었다.

버려졌던 유모차는
할미꽃의 신종 자가용이다
한때는 아기의 웃음꽃 가득했건만
다들 어디론가 사라지고
노인의 근심만 수북이 담겨있다.

검버섯 이력서 덕지덕지 붙이고
가파른 언덕을 오르는 저 노인
몇 발짝 못 가서
길바닥에 주저 앉기도 한다

무엇을 셈하는지 실눈으로
먼 하늘 멍하니 바라본다.

노인에게 남은 것은 한숨뿐
시든 나뭇잎 하나
발등에 바스락거린다.

이제 여섯 개의 다리로도
꼬부랑 고개를 넘자니 숨결이 가쁘다
동구 밖 노을은 한껏 붉게 타오르고,

수목장

흙으로 되돌아오라는 부름에
늙은 소나무 그늘 아래
방 한 칸 얻었다. 그때
가느다란 울음 소리가 들렸다.

가족들의 흐느낌도
내가 누운 자리에 함께 묻었다
이 슬픔들 얼마나 지나야 사라질까
흙 내음에 푹 절어
뼈마저 다 삭아야 사라질까.

봉분도 없이
깊은 잠에 빠져 생전에 지은 죄
나무뿌리에 소신공양하며
짙은 솔 향기 밀어 올린다.

온갖 번뇌 다 내려놓고
그래도 두고 온 이승이 궁금해
바람 따라 산허리까지 걸어가 보지만
숲은 적막강산일 뿐…

시린 바람을
나이테에 새기며
나는 점점 지워지고 있다.

클로버 찾기

클로버가 무더기로 피어있는 동산에서
한 사내가 행운을 찾고 있다
네 잎은 행운, 세 잎은 행복이라는데
그 사내 네 잎 클로버만 찾고 있다.

지천에 널린 행복은 보지 못하고
오직 행운에만 혈안이 되어 있었다.

로또복권 가판대 앞
쓸쓸하게 돌아서는 낮달 하나
찢겨진 복권이 널려있다.

황금빛으로 물든 길가 은행나무
한 잎, 두 잎 싸늘히 나뒹군다.

뜬 구름이 순식간에 흘러갔다
허황된 숫자에 길을 잃은 사내
네 잎 클로버는 끝내 나타나지 않았다
진정한 행복은
가까이에 널려있었는데…

유정란

슈퍼에서 너와 마주치면
왠지 애처로운 눈이 보인다
생명으로 태어나지 못한
저 한 묶음의 생명들.

아직은 저 속에
개나리 꽃망울 영글고 있을 것만 같아
장바구니에 담을까 말까
한참이나 망설였다.

땡볕보다 뜨거운 프라이팬 위에서
해바라기꽃으로 피어날 비운,
진열대에 쌓여 있다
순교자의 행렬처럼.

어미조차 모르는 부화장에서
물 한 모금, 구름 한 장 삼키며
붉은 벼슬 밀어 올리려던 꿈
몇 푼의 돈에 거래되고 있다.

란좌에 열 개씩 묶여
줄줄이 팔려나간다.

밤에도 전등을 켜둔
양계장이 대낮처럼 환하다.

벽에 사는 새

날개 없어 날지 못하는 뻐꾸기 한 마리
매달린 그네로 하늘을 건넌다.

새장에 갇혀,
매달린 그네 하나만 순하게 흔들었다
어둠속에서도 촘촘히 박힌 눈금 읽어내
매시간 닫힌 문을 열고 나와
뻐꾹, 뻐꾹… 울음으로 알려준다.

출근시간 퇴근시간 잠자는 시간,
꼼꼼히 챙겨 놓치지 말라고

별들이 졸고 있는 깊은 밤에도
톱니바퀴 앙문 조그마한 새가 달의 그림자를 따라
지구를 떠 매고 오른쪽으로만 돌고 있다.

가끔은 내 꿈속에까지 날아와
단잠을 쪼아 먹기도 한다.

일확천금을 꿈꾸는 사내들
카지노 속에 갇혀
잭팟 소리에 귀가 멀었다
놓친 시간이 황금이라는
뻐꾸기 울음소리 들리지 않는다.

해가 떨어지고 부푼 달이 야위어 간다
그곳에는 뻐꾹새가 살지 않는다.

공주 알밤

밤꽃이 흐드러지게 피었던
공주 산성 산허리
벌떼 윙윙 맴돌며 다녀간 뒤,

가지마다 푸른 성게 주렁주렁 매달려
굴뚝새 들려주는 노랫소리에 여물어간다
날아든 새들 쪼아대는 부리에
갑옷과 창살로 온몸 휘감았다.

모진 태풍도 천둥번개도
굳게 잠긴 문 아무도 열지 못했다
그 속에 수많은 갈색의 알알들
오직 왕도의 내공을 다지는 동안
어느새 가을이 찾아왔다.

따가운 가을 햇살에
철벽처럼 닫힌 성문이 열리고,

동장군이 쳐들어 온다는 소식에
너도나도 맨몸으로
낭떠러지 마다않고 뛰어 내린다.

황산벌 달구던 말굽소리 간데 없고
궁궐을 텅 비워둔 공주산성
다를 어디로 피신했나
줄기마다 매달린
텅 빈 저 패망의 궁성!

단풍잎

푸른 숲인 줄만 알았는데
나, 어느덧
칠부능선에 와 있습니다.

우려먹을 만큼 우려먹은 탓인지
진국이 빠진 뼈마디마다 삐걱거리고
또 하루가 저려 옵니다.

이따금씩
팔부능선에서, 때로는 칠부능선에서도
붉게 물든 나뭇잎들이 떨어졌다는
낯익은 문자메시지 날아옵니다.

그래도 아침햇살이 눈을 열면
어젯밤에 풀어둔 신발끈을 졸라맵니다

저 멀리, 갖가지 고사목이 군락을 이뤄
구름에 휘감기기도 한 그곳으로
바람이 등을 떠밀고 있습니다.

가끔씩
쳐다보는 하늘은 아직 푸르지만
내려다 뵈는 산아래 마을엔
하나 둘 사그라드는 불빛에 어둠이
자리를 넓혀 가고 있습니다.

나이테만큼 물기가 빠져나간
느릿느릿한 몸짓으로
저 붉은 노을 속으로 걸어 갑니다.

가지치기

입춘이 지나면서
차가운 겨울 하늘은 찢어지고
산골짝 속살거리는 숨소리 가쁘다.

겨우내
눈보라 몰아치는 동안
가로수에 엉켜붙은 여린 잎들
빌딩 안 훈기를 건너보며
서로의 눈물을 닦아주기도 하였다
얼마나 간절히 기다리던 봄인가!

조경사가
가로수 매무새를 위해 수술을 한다
빌딩 창문에 붙어 기웃대는 놈
끼리끼리 엉켜 싸우는 놈

핏줄기 말라붙어 생기 잃은 놈
전깃줄에 매달려 신호등 가린 놈…
자를 때마다 전기 톱도 얼얼하다.

허공에 길을 내던 가지들
여름 한나절 드리울 서늘한 그늘,
푸른 사연 펼쳐보지도 못한 채
한 무더기 트럭에 실려 가고 있다.

봄은 저만치 오고 있는데…

금화산金華山

메마른 가슴에 꽃으로 벙근
내 마음 풀어다 줄 수 있을까요
다가가도 못 오를 걸음 앞에 서서
난蘭을 드립니다.

벌 나비 들지 않아도
홀로 바람을 삼키고 햇살을 따라가
청초한 꽃 향기로 새해를 알리는
보세報歲 난입니다.

베란다 창틀 수시로 드나드는
바람과 햇살의 하루가 길기만 합니다
안길 곳 없는 외로움 삭히며
은은한 눈길 기다립니다.

끝없는 아픔, 꽃등으로 밝히던 날
그 향기 가슴에 촉촉히 파고들거든
젖은 입김으로 내 이름을 불러주세요
나의 언어는 자줏빛 향기입니다.

아니면
그냥 금화산이라 부르세요
란잎 사이 서성이는 목마름마저
그냥 지우지는 마세요.

무거운 귀가

다닥다닥 달라붙은 낮은 지붕
매캐한 연탄 내음 모여 사는 골목길
하루가 가파르다.

그림자를 앞세우고
집으로 가는 길
새끼줄에 꿰어 있는 연탄 한 장이
구들장을 덥히려
노인 손에 매달려간다
오늘 저녁은 따뜻하겠다.

잠깐 머물다 간 햇빛은
반 지하 방을 벗어난 지 오래
발길에 밟히는 것은 어둠뿐이다.

내 몸에
햇살이 다녀간 적이 언제였던가
나에게 안겨있던 파랑새 떠난 뒤
텅 빈 새장은 늘 눅눅하고 어두웠다.

그래도 화덕에 불씨 한 점 남아
저물어 가는 골목길을
힘겹게 오르고 있다.

나의 시작법詩作法

나는 한편의 시를 얻기 위해
나무 한 그루를 벌목하였다
A4 용지를 수없이 구겨서 버렸다.

이제 부리 다 낡아빠진 산새
쉴만한 둥지를 지으려
이 숲 저 숲을 날아 다닌다
나뭇가지에 앉다가 날갯짓 서툴러
추락하기도 했다.

아침 햇살과 이슬 젖은 초록 잎으로 빚은
나의 시어들
나뭇가지에 매달아 두어도
설익은 시의 무게를 못 이겨
바닥으로 뒹굴기 일쑤였다.

나는 언제쯤이나
영혼을 울려줄 해맑은 목소리로
노래할 수 있을까.

밤새 부리가 다 헐도록
노래한 시들은 어디로 갔을까
둥지는 텅 비어 있다.

네모 바퀴

살이 단단한 시詩 한편
사람들 곁에 심어두려다 나날이 지친 몸,
빼앗긴 잠이나 실컷 자려 했더니
꿈속에서 네모난 바퀴를 보았다
그 네 모서리 둥글게 깎으며 땀에
흠뻑 젖은 채 깨어났다.

시 창작 지도 교수님,
내 시는 과잉된 의식으로 포장되어
잘 구르지 못한다고 하셨다.

세상에 네모난 바퀴를 달고 나온
수많은 시집들이 서점가 진열대에
꽂혀보지도 못하고

숨막히는 상자에 담겨 있다
내 시집 한 권도 그 속에 있다.

깎다 만 네모 바퀴
오늘밤 다시 꿈속으로 들어가
마저 깎아야겠다.

그때쯤, 내 시도
잘 구를 수 있을는지…

무게說

초등학교 사학년 손주
가방아, 너는 무얼 먹고 배가 부르니?
무거운 책가방을 내려 놓으며 묻는다.

경휘야, 그 가방은
훗날 너의 먼 길을 열어줄 네 양식이란다.
교문을 벗어나면
얼마나 거센 비바람이 휘몰아치는지
가벼운 몸은 날아가고 말거야
네가 힘들어하는 그 가방 속에서 싹이 트고
꽃이 피어 열매가 맺힐 거야

손주놈,
무거운 가방을 메고 끙끙거리며
학교를 마친 뒤, 피아노학원 영어학원

태권도 도장으로 숨차게 돌다가
밤늦게 지쳐서 돌아온다
하루의 무게에 눌려 발걸음이 무겁다.

아이가 살아갈 세상의 무게
앞으로 통과해야 할
치열한 입시경쟁, 취업, 결혼
넘어야 할 관문들이
줄줄이 기다리고 있다.

세상의 돌팔매 날아들지 않도록
비바람에 오돌오돌 떨지 않도록
이른 아침부터 어린것이
하루 일과를 가방 속에 챙겨 넣는다.

빈 밥그릇

칠순 넘어 늦깎이 시인으로
등단했다는 내 소식에
시골 숙부님이 반가워하며 물으신다.

그럼, 월급은 얼마나 받느냐?
시를 쓴다고 월급을 주진 않습니다
그럼, 뭣 때문에 그 고단한 일을 해?
내 영혼보다 오래도록 살아 남을
시 한 구절이라도 남기려고요.

하현달을 껴안고 시 한편 지어 봐야
원고료는 책으로 드린다는 배고픈 소식,
어느 문예지에라도 실리면
그나마 자부심이 고작인 시들이
줄을 서서 기다리고 있다.

몇 년째 씨를 뿌렸지만
풍년가 나팔소리는 울려 퍼지지 않고
무성하게 자란 잡초들이 나무들만
베어내고 말았다.

언제쯤,
기름기 자르르 흐르는 밥을 지어
밥도 시도 가득히 담아
사람들에게 먹일 수 있을까?

나, 오늘도 허리띠 졸라매고
무논에 모내기 중이다.

꽃봉오리의 궁금증

유아원에서 돌아온 세 살배기 손녀,
제 할미의 피 그 눈빛에
그대로 묻어난다.

내가 화장실에 가면
쪼르르 따라온다
고개를 가우뚱 쳐다본다.

할아버지 뭐 하는 거에요
쉬한다
서서 볼일을 보는 나에게
그거는 어떻게 하는 거에요
나는 말문이 막혀 망설이다
응, 저리 가서 뽀로로나 봐라 하고
빙그레 웃어 넘겼다.

네 몸에 꽃물이 우러날 때 알 것이다.
네 가슴에 황금 햇살 둥글게 빚어
세상에서 제일 향기 고운 꽃으로 피어라
비바람 다 견디고 꽃중에 꽃으로 피어라

내 눈에 가장 아름다운 꽃
양볼에 내 볼을 비벼대며
두 손 모아 기도로 답한다.

시작법 2

2010년 5월 12일
"모란을 찾아서" 첫 시집을 냈다
수많은 밤 늘 깨어나
새벽달 언저리에 빼곡히 썼건만
인쇄 냄새만 나는 쥐대기*졸작이었다.

또 다시 잠 못 이루는
다독多讀 다사多思 다작多作 의 삼다로
그 고난의 길 사는 길에 하현달은
아무 말없이 한천에 떠있다.

내 책장에는 진달래 모란 국화…
수많은 시인들이 앉아 지켜보고 있다
눈길을 붙잡아 밑줄을 그으며
가슴에 꽂히던 바람이 꽃눈을 틔우지만

아무도 화분에 담아 기르지 않을
그 들꽃을 나는 기르고 있다.

어둠이 밀려 와도
우두커니 끼니도 놓치고
멍하니 시만 바라보고 있다.

언젠가는
한송이 꽃을 피우기 위해 오늘도
시의 문고리를 붙들고 있다.

* 솜씨가 서투른 장인.

빼빼로 행렬

쌍을 이룬 1이 여섯 번이나 겹친
이 순간은
과거와 현재와 미래가 하나로 연결되는
밀레니엄의 길일이란다.

2011년 11월 11일 11시 11분 11초, 1의 행렬,
천기의 기운을 타고 이 찰나를 건너
나는 밀레니엄을 살았다.

적막에 휩싸인 나의 집
오늘 모처럼 사람 사는 소리가 난다
삼남매가 짝을 지어 찾아와
혼자 사는 아비를 위로해 준다.

아내는 유난히 초콜릿을 좋아했다
둘이 마주 앉아 먹던 빼빼로
소복히 쌓여 가던 그날,
손가락에 묻은 빼빼로를
네 살배기 손녀가 내 입에 넣어준다.
아내가 입에 넣어주던
오랜만의 그 맛이다.

야박한 상술에 빠져
연인들이 빼빼로 꽃바구니를 들고
밀레니엄 기운에 기대어
거리를 활보하고 있다.

붉은 편지

늦가을 오후, 시인 몇 사람
떠나는 가을이 못내 아쉬워
남산 오솔길 따라 걸었다
발 밑에서 바스락거리는 소리가
무릎을 타고 올라온다.

그때, 살랑 바람에
우수수 날리는 색색의 낙엽
수수밭에 알곡 쪼아먹던 새떼들이
인기척에 놀라
일제히 날아가는 것 보았다.

오인오색 단풍잎 여인들
심중을 헤아리기라도 하는 듯
미처 부치지 못한 늦가을 연서

머리카락에, 버버리코트 어깨 위에
소인을 찍고 있다.

옆구리가 텅 빈 나는
고요한 그림자 애써 감추는데
잎맥의 숨결마저 끊어진 잎새들이
옛 이야기 한 음절씩 이어준다.

해마다 보내온 그 연서를
받아 읽는 길 위에
빨간 우체통에 읽지 못한 사연이
소복히 쌓이고 있었다.

흰 국화의 일생

어느 시인의 말처럼
한 송이 꽃을 피우기 위해
소쩍새가 그렇게도 울었기에 흰 국화는
태생부터 서러움에 눈가가 젖어있었다.

향불이 졸고 있는 영안실
언제부턴가 상주 곁에서
문상객의 곡성을 대신 온몸으로 운다.

찬 서리 내려 나뭇잎 떨어질 때도
폭설이 저 유리창 밖 다 지울 때도
나이테 지운 슬픔, 끝내 잊지 못해

아무리 멀고 낯선 길이라도
꼭 감싸 안았던 영정을 따라가

이승의 고된 인연 본향에 잘 가라며
마지막까지 서럽게 우는 꽃이다.

하얀 국화는
소쩍새 울음 받아 먹고
소쩍새보다 더 서럽게 울며 진다.

닿지 못할 곳

마음은 지척이어도
너와 나 사이엔
깊은 강이 흐르고 있다.

건너지 못할 강
손발을 꽁꽁 묶고
배를 띄우지 못한다.

날마다 강가에 앉아
강 건너에서 남실남실 불어오는
사연 같은 바람을 마신다.

통증으로 힘들 땐
학처럼 울대를 쳐들고
출렁이도록 홰를 친다.

물안개 자욱한 밤

노 저어 건너가

아른아른 눈 속에 담아 둔다.

지팡이에 대한 생각

지팡이 하나로
야곱은 광야에서 수많은 양 떼를 길렀고
모세는 애굽에서 이스라엘 백성을 이끌고
홍해를 갈라 가나안 땅을 향해 길을 냈다.

든든한 지팡이
이웃집으로 공원으로 병원으로 …
질퍽한 땅 어디를 가도 불평없이
휘청거리는 걸음 부축해주는

저 외발이
보이지 않은 손과 발을 품고
누군가의 눈이 되고 길이 되어
앞장을 선다.

나는 누구의 지팡이일까
한때 어머니는 나의 지팡이었고
나는 자식들의 지팡이었다.

서울에 실려 온 바다

바다가 들어와
해질녘, 골목 안이 소란스럽다.

속초 앞바다 산 오징어 한 마리 오천 원
무안 갯벌 세발낙지 세 마리 만 원
벌교 새꼬막 한 됫박 삼천 원
제주 은갈치 한 상자 만오천 원

삼면의 바다
짠 내음과 비린 내음이
트럭 운전기사 입안에서 합수되어
허기진 저녁 입맛을 돋우고 있다.

길을 잃은 저 목숨들
토막 나고 내장이 뜯겨진 채

불 판을 거쳐 밥상 위에서
지느러미도 없이 허우적거릴 것이다.

평소 세발낙지를 좋아하던 나
이제나 저제나 파도소리 기다리는
여섯 마리를 검은 비닐봉지에 담아
갯내음 영영 멀어지게 했다.

산 낙지를
내 입에 꼬깃꼬깃 구겨 넣었다
굴곡진 협곡을 뒤적이다
내 살점이 될 주검들
뻘 속을 기어가듯 꿈틀거린다.

달밤

햇살이 순해진 초가을
봉평 메밀꽃 축제에 갔다가
숙면에 좋다는 메밀껍질 베개를 샀다.

흐드러지게 핀 하얀 꽃밭에서
모처럼 불면증 털어버리고
꿀맛 같은 단잠에
긴 밤을 실개천 건너듯 하려 했는데
만개한 메밀꽃만 밤새 출렁거린다.

베개 속에
허생원 당나귀 방울이 가득 차서
귓속이 짤랑짤랑 요란하다.

바람이 몸을 뒤척일 때마다
가산呵山이 소금을 뿌리신다
졸지 못한 달빛마저 쏟아져
얇게 쌓인 순눈처럼 눈부시다.

내 잠의 알맹이들은 어디로 빠져나가고
메밀껍질만 수북이 쌓여 있다
장돌뱅이 따라
달빛에 흠뻑 취해 새벽까지 걸었다.

5월의 돌계단

푸른 꿈 가방에 담고
남산 도서관 돌계단 오르던 시절,

가위 바위 보하며
한 계단씩 오르던 소녀가 있었다
엉거주춤 주먹을 낸 사이
보를 낸 그녀는, 어느 날
시들지 않는 아카시아 향을 두고
한 계단씩 멀어져 갔다.

나는
그녀가 떠난 돌계단에 앉아
책으로 탑을 쌓았지만
그녀가 원하는 높이에는 이르지 못했다.

세상살이
곳곳이 층계 오르기
오르기 힘든 층계를
가쁜 숨결로 이겨내며
맨주먹으로 올라섰다.

빈손으로
함께 오르다만
그 층계에 아카시아 향기 쏟아진다
잊었는가 싶었는데
어김없이 오월이 오고 있다.

RH-O형

단 한 방울도
줄 수도, 받을 수도 없는 피,
그 희귀한 피가 내 몸 속에 흐르고 있다.

나는, 언제나 외줄 타는 곡예사처럼
미풍에도 떨어지지 않으려
몸을 사렸다.

어느 겨울 밤 마지막 뉴스
"RH-O형 긴급히 구함"
저 일이 내 일인데도 선뜻 달려가지 못했다
마음은 사슬에 감긴 채
밤새 뒤척이며 아침으로 건너왔다.

누군가가 병상에 누워
간절히 나를 부르는 소리
못 들은 척 못 본 척 했던
그날 하루 내내 그늘이 드리워져
하늘을 똑바로 쳐다볼 수 없었다.

그 후에도
누군가 나를 간절히 불렀지만
그 때도 용기를 내지 못했다.

그때 내가 외면한
그 숨결은 어찌 되었을까
꽃으로 피워내지 못한 마음
탱자나무에 걸린 연처럼
바람에 펄럭이며 살아 왔다.

강물의 하모니

아슬히 먼 저 산
수도승처럼 낮게 엎드려 있네
깊고 험한 능선을 가슴으로 껴안아
봉우리에 뭉게구름이 모여드네.

저 산 그림자 품어 안고
혼자서 출렁이는 속 깊은 강물은
입 다물지 못한 오리들 수다 받아먹고
바람소리 귀엣말로 귀가 먹먹하네
미처 읽기도 전에 말귀가 둥둥 떠가네.

쏟아 놓은 허튼소리
강물에 파문이 일어나
혼탁하게 흐르지 않도록
오리들 부리를 씻고 있네.

저 강물은
수많은 새떼의 말 다 알아들으려고
얼마나 많은 귀와
얼마나 큰 귀를 가졌겠는가.

해가 지면 강가로 내려온
좌선하던 산을 아늑히 품고서
오리 떼 수다 다 잠재우고
비로소 강도 잠이 드네.

제4부

겨울과 봄 사이

바람의 속도

바람이 분다.

형체는 없어도 저희끼리 엉키어
그냥 지나가는 줄만 알았더니
언제나 햇살보다 앞서거니 뒤서거니
세상의 옷을 갈아입힌다.

때로는 무리 지어 헤살을 부리면
천지가 발칵 뒤집히기도 하지만
늘 순한 소소리 몸짓으로
연초록 눈을 열어 진초록이더니
청청은 잠깐,
어느새 산천에 불을 붙인다.

바람이 입혀주고 바람이 벗기는
저 나무의 울긋불긋한 의상들
운구차도 없이 어디론가 떠날 채비를 한 채
허공을 마구 흔들어댄다
나무들은 잎잎마다 그득히 새겨진
바람의 시를 낭송하고.

뒤란의 늙은 감나무
제 나이는 기억하지 못해도
오고 가는 계절을 아는 듯
햇살과 바람무늬로 익혀낸 까치밥,
몇 개만 허공에 매단 채

가지마다 윙윙 우는 소리
바람의 질량보다 더 큰 힘으로

한 줌 햇살을 품어 안고
뿌리를 다독인다.

나는 어디쯤에서 떨어질지
손발이 저려온다
바람의 속도를 읽고 있는 중이다.

검은 꽃

보도블록에 피어있는 검은꽃
발길에 짓밟히면서
점점 더 견고해진다.

찰싹 달라붙은 검은 꽃을
환경미화원이 긁어내고 있다
때로는 지나가던 신발에 붙어
집에까지 따라온 적도 있다.

사계절 없이 피는 저 꽃.

수액 한 방울 없는
차가운 돌바닥 위에
얼마나 뿌리를 깊이 내렸으면

깡통을 든 사내가 칼로
뿌리를 자르고 있을까.

도토리의 소유권

가을이 문을 닫는 십일월
봄부터 다람쥐밥 짓기 시작한 참나무
찬바람이 불자 잘 익은 밥
우수수 쏟아진다.

밥 익은 냄새
종묘공원 안에 그득하다
밥 내음 따라 풀섶을 헤치는 아낙들
검은 비닐봉지에
햇살이 익힌 다람쥐밥, 퍼 담는다.

공원 출구 낡은 뒤주 하나
"도토리의 원 주인은 다람쥐입니다"
무언의 시위를 하고 있는 저 푯말
검은 눈 깜박이며 엄동설한을 물고

애원하는 눈빛이다.

올 겨울은 유난히 춥고 폭설이 온단다
대부분의 검은 봉지는
양심 검색기에 찍히지 않아 밖으로 나간다
한술의 공양이 아쉬운 눈보라 겨우살이
다람쥐는 긴 한숨을 쉰다.

겨우내 배고픈 다람쥐
새봄이 오면 다시 볼 수 있을는지
안부가 궁금하다.

싹

몹시 추운 날
헌 옷 겹겹이 껴입은 노숙자가
길바닥에 나뒹구는
양파 하나를 주워왔다
물컵에 숨 죽은 듯 앉았던 양파에서
파릇한 싹이 나왔다.

쭈글쭈글 말랐어도
한 모금 물에 갈증을 적시고
마지막 제 몸을 짜서
하마터면 잃어버렸을
세상을 다시 구경한다.

햇살이 잠깐씩 다녀가는
눅눅한 쪽방에서

칼잠을 자던 사내는
온 힘을 다해 제 몸에 불을 켠다
어두운 방을 환하게 밝힌다.

저 양파의 집은
흙 한줌 없는 투명한 물컵이지만,

하얀 맨발로
제 몸 푸석푸석 다 사윌 때까지
초록심지 날렵하게 뻗쳐
푸른 길을 내고 있다.

천 년의 춤

도공의 영혼으로 빚은 저 도자기
천삼백 도 가마 속에서도 타지 않았다.
눈부신 날갯짓으로 날아가는
몇 마리의 학을 품고
여전히 살아 있다.

가도가도 끝이 보이지 않는
수수백년 넘어도 닿지 못한 길
날갯죽지 햇살을 가르며
붉은 해를 뒤로 밀어낸다.

저곳에서도 길이 있어
폭풍우 먹구름도 달도
피해가며 흐른다.

조선 여인의 우아한 춤사위로
천 년이 넘어도 날아가는 저 새들
시간이 멈춘 그 자리
지친 날개를 접지 않는다,

어디로 가는 날갯짓인가
오늘도 끝이 보이지 않는
파란 하늘을 건너고 있다.

임산부석

시내버스 안에
특별한 좌석 하나 생겼다
수많은 의자 중 딱 하나뿐인
임산부를 위한 분홍색 전용석 이다.

치마 한번 두른 적 없는 남정네가
풀썩 주저 앉는가 하면
책가방을 멘 여학생도
코밑이 거뭇거뭇한 남학생도
전혀 머뭇거림 없이 주저 앉는다
정작 임산부가 올라와도
못 본 척 외면하고 있다.

만원버스가 곡예 부리듯 달린다
갑자기 급정거를 한다

미처 자리를 잡지 못한 임산부
그만 손잡이를 놓쳐 넘어진다.

임산부석은
늘 빈 적이 없는데
출산율이 매년 떨어진다는 뉴스
씨 맺지 못한 뱃속의 꽃망울도
꽤 많다고 한다.

누군가를 태우고 달리는
불임의 저 빈 방.

모닥불

톱날에 햇살이 잘려나간다.

잘린 나무 토막들이
활활 타오르는 불길에 던져져
나이테를 태우면
햇살 타는 냄새가 퍼져 오른다.

장작개비 하나 둘
불길에 던져질 때마다
불꽃이 춤을 추고
어둠이 한 발짝 물러선다.

옹이진 곳은
음습한 습기가 숨어 있다

매캐한 내음을 뿜어낸 연기
허공으로 흩어진다.

먼 길 돌아오는 동안
내 가슴에 엉킨 얼룩 무늬들
다 지워 내고, 오직
맑은 영혼으로 떠나기 위해
화염이 뻘건 혀를 날름댄다.

감쪽지처럼 말라 붙은
얼룩진 가지를 불길에 던진다
모든 아픔도 환희도 벗어두고
한줌의 마침표, 재만 남는다.

불귀소不歸巢

비 그친 뒤,
한낮의 한강 시민공원
길 바닥에 곡성 없는 시신들이
아직 남은 습기를 붙잡고 있다.

개미 몇 마리
제 몸보다 더 큰 죽음을
옮겨 가느라 발버둥치고
약삭빠른 파리떼는
그 싸움에 끼어들었다.

길 잃으면 위험한 목숨
흙 속의 한 생이 싫었을까
바깥 세상살이 궁금했을까

산책로 모래 위에
아직 생사의 길목에서
사투를 벌이는 지렁이
풀섶으로 옮겨준 적이 있다.

삶의 끝자락을 헤매다 문을 나선
길동이 꼬부랑 할머니 어디에 계실까?

세상살이
한 발 헛디디면
천길 낭떠러지인데,

개심사* 왕벚꽃

삭발 승의 장삼長衫에도
묻어온 고뇌 닦아내지 못하고
달빛 꼬여 잠 못 이룬 비장한 출가出家,

지울 수 없는 상흔이었던가
경문 대신 흙먼지 발자국 소리에
면벽面壁의 선니禪尼*로 귀의치 못해
하릴없이 승방에도 있지 못할 연이었네.

환장할 오월의 햇살이
애절은 마디마디 속앓이 깨워내
겹겹이 묻어둔 가슴속 다 펼치고
농염하게 젖꽃판까지 환히 들어냈네
온몸 뜨겁게 만발했네.

연인들 몰려와 귓불 달구고
새벽 예불 드리러 나오던 고승도
야릇한 미소 짓다 하현달에 들켜
쫓기 듯 법당으로 들어서네.

예불소리 범종소리 받아먹은 저 불꽃
오랜 세월이 지난 뒤에도
고찰의 온 마당을 활활 태우겠지만
뼛속까지 시렸던 은애의 연시戀詩라네

* 충남 서산시 운산면에 있는 고찰.
* 불문에 든 여자.

1004 병동

강북 S병원 중환자실은
녹슨 철길 종착지,
저 세상으로 가는 환승역이다.

여덟 명의 환자가
비좁은 침대에 누워 종명終命을 기다린다
작은 공원 묘지를 이룬 듯
침대마다 불치의 병명
신이 부를 예비 묘비명을 붙인 채,

산소호흡기 가느다란 줄에
목숨 줄이 매달린 저 문을
열었다 닫았다 몇 번이나
넘나들었을까

가파른 마지막 절벽에서
아직도 내려놓을 짐이 남았는지
구공九空을 훨훨 날을 날개 덜 돋았는지
한 문으로 함께 날아갈 하얀 새들
이 세상 떠나갈 채비를 하고 있다.

흰 가운 입은 수호의 천사
아무나 열어볼 수 없는 문의 열쇠를
하릴없이 열어
흰구름 속으로 천사를 내 보내고
또 다른 예비 천사를 맞는다.

가시나무 꽃

손끝과 발바닥에서 이는
춤사위로 밤이 출렁인다.

끊임없이 꿈틀거리는 저 몸짓은
전생에 무엇이었을까

어두운 조명에도
춤의 족쇄를 찬 생업이 현란하다.

봉을 붙잡고 몸으로 쓰는 글씨
더 황홀하고 요염하다
도시는 자정을 넘어 깊어가고…

아슬아슬
제 몸 동그랗게 말아서

밤의 끝으로
홀로 가야하는 저 무희.

짙은 밤의 향기는
독기로 피어난다.

도시의 유목민

노숙자 둘,
낙엽이 나뒹구는 길을 따라
배낭을 메고 어슬렁거린다
어느 나무에서 떨어진 낙엽일까

비정규직 절벽에서
핏빛 청춘을 녹였던 사내들,
한때는 저물녘이면
땀에 젖은 몸 기다리던 아내와
지친 허리 받아줄 아랫목도 있었을 것이다.

누군가가
발바닥에 칼금을 그었을까
딱딱한 아스팔트길 유랑자가 된
저 절뚝걸음,

내몰린 거센 세파의 광장,
지하도 불빛이 집어등인양 환하다
찬바람 덮고 뒤척거릴 그곳은
유목의 피가 그득한 황량한 도시
저 배낭 속에는 걸어온 내력이
꼬깃꼬깃 적혀 있을 것이다.

그물에 걸려든 지느러미 사라진 어류들
어디에도 부릴 데 없는 짐을 메고
도시의 그늘 밑을 서성거린다.

다국적 가계도

엄마는
아빠가 뒤늦게 정성들여 심은
우리 집의 몽골산 징검돌,

혼기를 놓친 아빠는
먼 나라에서 신부를 구해와
꽃 향기 지펴내 열매도 맺었다.

원산지 표시 없이는
아무도 이방인으로 보는 이 없다
다만, 온몸이 몽골비칙*에 젖어
우리말과 글이 서투를 뿐이다.

학교에서 내준 숙제에
갸우뚱거리는 엄마

숙제를 돌봐줄 수 없는 가슴 속에
먹구름이 떼 지어 지나간다.

아이를 낳고 산지 십여 년
한국은 제2 고향으로 뿌리내렸지만
한국어는 여전히 어렵다.

지금은 다국적 시대
멀고 먼 나라에서
징검돌 신붓감이 밀려온다.

* 수백 년 동안 몽골인의 정통적 생활과 정서적 특수성
  을 간직해온 문자.

신호등

북적이는 도시의 생명은 질서이다.

사방을 노려보는 신호등
삼색 불꽃이 피고지고
차량도 인파도 피고 진다.

막아서 막힘을
풀어주고 늦춰주고
길은 흘러간다.

눈비가 오는 날은
재촉하는 길도 시간도 길어진다
불평하는 소리쯤 온몸으로 삼키며
사방을 살피는 파수꾼.

빨간 불이 켜져 있는 동안,
내 길은 묶이고
건너편 기다림의 불꽃에 닿기까지
쫓기는 나의 시간이 붙들려 있다.

한낮의 햇살보다 더 힘센 불빛
모든 차량이 모든 사람이
저 불빛 속으로 빨려 들어간다.

폭풍에도 폭설에도
동그란 눈만 깜박거리며
이 도시를
떠받치고 있는 저 불빛.

장미에 갇히다

가시에
푸른 물이 오른다
햇살의 빗질이 간질거려
오월이 몸살을 앓는다.

봄 강물 풀린 지 언제인데
혼기를 놓친 노처녀마냥
아직도 잠만 자느냐고

잠자는 장미를 흔들어 깨운다
품은 가시의 뜻을 감추고
꽃망울 부풀어 오른다.

늦봄 햇살에 활활 타는 듯
담벼락이 붉다.

가시 없이
어이 이 예쁜 꽃 마음껏 폈으랴
꽃 진 뒤에도 대궁에 매달려
날아가지 못하고 있다.

그곳이 하마 장미의 자궁이었던가
계절의 끝자락
꽃 진 자리에 남은 빨간 홍보석.

빛의 릴레이

안마시술소, 시각장애인 박씨
아주 오래고 오랜 어둠을 찢어내니
희미하게 빛이 보인다
일순간 눈물이 울컥 쏟아진다.

누군가가
세상에 남겨 주고 간 눈,
내 것이 아닌 눈으로
이제야 세상을 본다.

난생 처음 보는 아내의 얼굴
손으로만 만져보았던 한 여인이
눈 속으로 들어온다
말로만 듣던 하늘과 꽃구름이 보이고

지팡이 더듬거리며 여태껏 살아온 길
발부리를 찍었던 돌멩이도 보인다.

알지 못하는
누군가의 눈빛으로 밤낮을 따라
별을 헤어보다가 잠들고
눈부신 아침을 맞는다.

눈을 내주고
그 먼 길을 어떻게
더듬거리며 가셨을까.

몸은 떠나도
두 번 사는 빛의 릴레이
다시 사랑의 불꽃으로 피어난다.

하늘길 안내장

수액이 말라가는 까칠한 몸에
버섯꽃 몇 송이 피었네.

세월이 스치고 간 자국
신이 부르는 저승꽃이라기에
지워도 보았지만
그 자리에 또 다시 피어나네.

심지도 않았는데 나도 모르게
꽃송이들 내 안에 살고 있었네
내 몸을 볼모로 잡고
검은 꽃은 뿌리를 내렸네.

이제 길이 가까워졌다고
자꾸만 내게 안내장을 띄우네

속살까지 깊게 박힌 이 뿌리는
온몸 사방으로 퍼져 있네

검은 꽃들이 만개할 즈음
그 길을 따라 갈 마지막 여백에
모든 고뇌 다 내려 놓고
나, 한 줄의 글을 남기려네

한때는 나도
한 송이 아름다운 꽃이었다고,

흰 지팡이

어둠을 읽어가는
흰 지팡이,

오래 전
사내의 눈이 된 지팡이
한발 앞서 더듬더듬
땅바닥을 읽고 또 읽는다.

두 눈은 검은 안경 속에 갇혀있다
온 세상이 캄캄해서
믿는 건 오직 소리뿐,
어둠을 지팡이로 탁탁 쳐서
소리의 치수와 손끝의 울림으로
길을 읽어낸다
점자 읽듯 또 읽는다.

손을 내저은 세상의 침묵을 깨트리는
목에 매달린 하모니카
다섯 식구를 먹여 살린다
한푼 두푼 동전 떨어지는 소리
목마름을 밀어내어 하모니카를 불어댄다.

플라스틱 바구니 하나 든 저 사내
길바닥에 온몸으로 쓰고 가는 글씨가
차거운 바람에 비틀거린다.

잃어버린 길

한밤 굉음과 질주의 광란
단속 경찰에 쫓기다가 휘어진 길목에서
일순간 속력이 정지되고 말았다.

밤이면 소음에 시달리던 그곳,
지난해에도 바람을 찢고 달리던 한 사내가
오토바이와 함께 으깨진 곳이다.

과잉단속과 과속이 원인이라는 논란 속
종일 서 있던 유일한 목격자 가로등은
질풍보다 빠른 과속이 화근이었다며, 나를
원망하지 말란 듯 길을 환히 밝히고 있다.

그 사내,
죽을 뻔 했던 고비를 넘겨

끊어진 길을 간신히 이어 붙였지만
길 위에서 속력을 잃어버리고
네 개의 바퀴가 발이 되었다.

눈 감고도 걸었던 골목길
참으로 멀고 아득하다.

손가락으로 속도를 조절하는 전동휠체어
그날의 악몽을 아는 듯
천천히 바퀴를 굴리고 있다.

낮달

새벽 별을 보며
마당에 가득한 어둠을
대문 밖으로 쓸어 내시던 아버지,

지긋지긋한 두엄냄새 싫어
멍에 같던 지게 헛청에 벗어 두고
형광조끼 입고 플라스틱 빗자루로
별들이 졸고 있는
도심의 어둠을 싹싹 몰아낸다.

주정뱅이 흔적과 찢겨진 양심 조각들
널브러진 길목을 쓸어낸다
산꿩이 알을 품은 댑사리골 그립지만
아직도 가난에 지쳐
두고 온 고향 한번 쳐다볼 겨를이 없다.

빗자루에 맡긴 생애
가을이 육십 번 지나도록 제대로 잘 익은
곡식 한번 거두어 들이지 못했다
산더미 눈보라는 다 쓸어내면서도
가슴에 쌓인 잔설은 쓸어내지 못했다.

아직도 깊은 잠에 빠진 아들
너만은 샛별로 뜨라는 쪽지를
머리맡에 남겨놓고
밤새 쌓인 황사바람 쓸려 나간다.

검은 뿌리

나는 단단한 검은 몽돌이었다
세파에 수없이 굴러 굴러
여기까지 흘러왔다.

내 뿌리는 검었다
한 번도 가본적이 없는 그 나라
이름을 알고 있다
그곳을 향하여 뿌리를 뻗어 보지만
닿을 수 없는 거리에 있다.

한 하늘밑 해와 달 수만 번 껴안아도
변색되지 않은 것은
쿤타킨테의 유전인자 때문.

날이 갈수록 두터워지는 입술과

자꾸만 꼬여 가는 머리카락
사람들은 독특한 내 체취를 피해갔다
곁눈질은 가슴에 화살촉으로 꽂혀와
검은 눈물만 고였다.

양파를 볼 때마다
내 겉껍질도 벗기고 싶었다
하루에도 몇 번씩 수세미로 씻어도
내 피는 검었다
달의 가슴에도 흙비가 내렸다.

이 땅에서 힘들게 뿌리 내리면서
한 번도 본적이 없는 이름 하나만 알고 있다
두 주먹 불끈 쥔 손바닥을 펴보면
한 번도 가보지 못한 길이 있다.

개심사* 가던 날

씻어내지 못한
너 때문이라는 말라 붙은 암팡진 옹이,

헛바퀴에도 이는 멀미를 안고
개심사에 오른다
고승의 목탁소리 묻은 산바람이
한 획을 그을 때마다
그늘진 가슴에 물결처럼 스며든다.

대웅보전 부처님의 온화한 미소와
처마밑 풍경의 울림이 온 산에 가득
마음을 열지 않고서는
오를 수 없는 고뇌의 깊은 길,

닫혔던 마음 열고
누구나 다 버리고 떠나면
그만인 혼백일 뿐인데…

한 생 지나오면서
바람에 기댔던 비틀거림의 족적들
이제야 점자처럼 흩어진다.

맑은 하늘을 보며
부끄럼 없이 길을 나선다.

* 충남 서산시 운산면에 있는 고찰.

갈대

금발머리 꿈꾸던 억샌 풀 씨.

파란 하늘을 바라보고
서로들 으스대 키를 높이며
먼 길을 걸어 왔다.

한여름 폭양을 건너며
비바람 천둥은 흔들림으로 맞섰다.
태풍도 삼켜낸 야성
끝내 별에는 이르지 못한 채
가을 바람 앞에 갈색 머리 부스스 풀고
제 안에 새긴 밀어
그들만의 언어로 속살거린다.

푸석해진 몸 묻어야 할 시간
내내 머물렀던 새떼들
비명을 한 움큼 떨어뜨리고 날아올라
하늘이 흔들린다
풀벌레 소리도 들녘을 적신다.

그 파문으로 번지는
쓸쓸한 계절을 또 다시 온몸 흔들어
마른 울음을 토해낸다.

멀리 있는 사람이 더욱더
그리운 듯 마지막까지 손짓을 한다
하늘을 우러러 다 헤지도록 펄럭이는
깃발이 내 가슴에도 하늘거린다.

겨울 목련

분명
환한 불을 일시에 켤 불의 알인데
차갑기가 얼음 같다.

앙상한 줄기마다 저 가녀린 잉태
어쩌자고 저리도 휘몰아치는 삭풍을
온몸으로 삼키며 버티는가

땅속 깊이 묻힌 심장
언 땅에서 피를 퍼 올리지 못해
우듬지까지 햇살로 채워
얼어붙은 심장을 녹여낸다.

아린 핏줄로 독도법을 익혀
하얀 눈꽃 송이송이

제 속으로 끌어들여
순백의 살결로 채색하리라.

가지 끝 저 수많은 불씨들,
훈풍이 날아와
성냥을 확 그으면
가지마다 다닥다닥
하얀 불꽃이 터지리다.

길 위에 촛불

제 몸 다 태워서
세상의 어둠을 밝히는 불꽃입니다.

침묵으로 얼어 붙은 입
맨몸에 불을 붙여 어둠과 맞서려는
저 무언의 시위입니다.

바람이 불면 꺼질 듯 휘어지고
물대포 앞에서 들풀처럼 누워도
꽃잎 하나 없이도 피어나는
뜨거운 불씨입니다.

온몸의 심지를 다 태워
한 움큼씩 하늘에 길을 내는 함성입니다.

꽁꽁 얼어붙은 이 땅에
4·19 노도의 물결로 봄이 온 것도
바로 저 촛불이었습니다
이 한 몸도 그때 다 태웠습니다.

졸업생

입춘을 맞아
가슴에 꽃다발 한 아름 안고
백수들이 쏟아져 나온다.

알에서 깨어난 새들처럼
어미가 물어다 준 먹이로
어깻죽지 깃털을 부풀리며
그 동안 탈 없이 걸어왔다.

온실 밖 낯선 거리
취업박람회장에 모여든 저 행렬
먹이 찾아온 가창오리떼처럼 귀가 먹먹하다
책에서 읽었던 길은 보이지 않았다.

그때마다
그들은 학사주점을 찾아
또 다시 취업광고문을 더듬거렸다.

어떤 이는 졸업을 미루기도 하고
또는 된 바람을 피해 군에 가기도 했다.

다시 도서관에 와 길을 묻는다
창밖에 수많은 불씨를 매단 저 목련나무
어둠의 긴 터널을 지나서도
꽃샘추위에 윙윙 떨고 있다.

햇살을 당겨 훈풍이 날아들면
불을 확 당길 저 불의 알들처럼

추위가 잠시 심술을 부릴지라도
봄은 기어이 올 것이다.

인기척 없는 휴대폰을 움켜쥐고
갈 곳을 찾아 여기저기 길을 묻는다.

겨울과 봄 사이

햇살을 곁눈질하는 계절이
양다리를 걸치고 있다.

바람과 햇살의 숨결 따라
두 얼굴을 가진 삼월,
긴 잠에서 깨어나려던 꽃몽오리들이
겨울과 봄 사이에서 잠시 머뭇거린다.

잔설 속에 묻힌 겨울의 긴 꼬리
꽃샘추위 앞세워 버텨보려 하지만
살그머니 사월의 햇살이
능선을 타고 있다.

산천은 해마다
시샘하는 순환을 기억하고

멈출 수 없는 생명의 본능으로
만개滿開의 꿈을 꾼다.

끝내 봄의 열쇠로
겨우내 꽁꽁 잠긴 망울을 열어
눈꽃이 앉았던 자리에 꽃등을 켠다.

여의도 무궁화 숲엔
꽃철이 뒤바뀔 때마다
가지마다 앉을 자리 탐색하는
벌들이 윙윙거린다.

소담길

강남 서울삼성병원
이 소담길을 걷는 이들은 저마다
간절한 소망을 풀어 놓는다.

무거운 근심보따리
한아름 안고 이 숲길을 찾아온
저 수많은 목숨들,
병실 침대마다 한줌 남은 초록빛 붙잡고
링거 줄에 매달려 있다.

대다수가 어둠에서 깨어나
제 발로 걸어나가고
더러는 밤사이 안녕,

국화꽃에 묻혀 떠난 이도 있다
사랑했던 내 아내도 수년 전
새벽 서리를 밟으며 이 길을 떠났다.

수많은 계절이 오가는 동안
얼마나 많은 생과 사가 오고 갔을까
구급차에 실려 건너온 이 길에서
누군가는 소망을 줍고
또 누군가는 헛되이 눈물 흘렸을 것이다
가쁜 숨 몰아 쉬는 가슴을 어루만져
둥지로 되돌아갈 수 있다면
이 길은 결코 헛되지 않으리.

오늘도 수많은 사람들이
소망 하나를 붙잡고 이 길을 건너
병실 문을 들어선다.

* 우리 모두의 소망을 담는다는 길로, 서울 삼성병원 정문
  을 지나서 있다.

요원한 저만치의 세계

黃 松 文

詩人·선문대 명예교수

1

예술의 본질은 아름다움이고 윤리의 본질은 사랑이다. 사랑과 아름다움은 분리해서 다룰 수 없다. 아름다움이란 사랑에서 생성하게 된다. 아름다움이 강해지게 되면 사랑도 그에 따라 강해지기 마련이다.

사랑이 있는 곳에 생명이 있고 생명이 있는 곳에 사랑이 있기 마련이다. 그것은 존재하기 위한 근원적인 힘이 내재해 있기 때문이다. 그 존재하기 위한 힘이란 독자적으로는 존재할 수 없고 반드시 주제와 대상이 잘 주고 잘 받는 수수의 회로가 조성되게 될 때 가능하게 된다.

사랑과 아름다움을 본질로 하는 예술에 있어서도 그가 존재하기 위한 힘은 반드시 주제와 대상 사이의 상대적 관계

가 성립되어 잘 주고받는 수수작용이 조성되어 상대기준이
조성될 때 성립된다. 이 때 주체가 대상에게 주는 정적情的
인 힘을 사랑이라 하고, 대상이 주체에게 돌려주는 정적인
힘을 아름다움이라고 한다. 그러므로 사랑의 힘은 동적動的
이요 아름다움의 자극은 정적靜的이라 하겠다.

"자기 세대 안에서 그 세대와 함께 살아야 한다는 현존재
의 피할 수 없는 운명이 그 현존재에만 고유한 전체의 사건
을 구성한다"고 하이데거는 말했다. 그는 현존재는 처음부
터 죽음을 향하고 있으며, 죽음의 가능성 속에 던져져 있다
고 하였다. 종교의 해석은 이와 달리 현존재는 '죽음에의 존
재'가 아니라 '영생에의 존재'이며, '처음부터 죽음을 향해서
자기를 내던진 존재'가 아니라 '처음부터 영생하기 위해서,
그리고 영생할 수 있도록 규정된 존재'라는 것이다.

2

김원명 시인의 시세계를 이해하기 위해서는 앞에서 전제
한 대로 존재론부터 규명할 필요가 있겠다. 하이데거의 죽
음에의 존재에 대한 종교적 대안은 그의 시세계를 이해하는
데 도움이 되겠기 때문이다.

손이 닿지 않는다.

내 몸 뒤편,
등이 가려운데
안간힘을 다해 손을 뻗어보지만
끝내 그곳까지 이르지 못한다.

늘 어머니와 아내의 손이
약손처럼 스쳐가던 그 자리,
잠 못 드는 이 밤
나를 넘어뜨릴 듯
끝내 몸속까지 굼실거리며 기어간다.

바로 내 등뒤인데
한 번도 닿아본 적 없는
이리도 아득한 거리가 있다니,
통증처럼 파고드는 혼자의 시간
견디다 못해 다급하게 찾는 손
어느 산사에 갔을 때 아내가 데려온
대나무 효자손뿐이다.
등뼈 타고 오르던 가려움증을
겨우 쓸어낸다.

나무 손작국이 벌겋다.
—「내 몸에 먼 곳이 있다」 전문

이 시는 제목에서도 짐작할 수 있듯이 '지척이 천리'라는 말이 연상되는 작품이다. 아득한 초현실적 거리에 대한 황혼의 애상이다. 김원명 시인의 어머니와 아내가 생존했을 때에는 등이 가려울 때 긁어주었었는데, 그녀들의 부재로 인한 가려움증은 심각한 고통을 동반하게 된다. 여기에서의 고통이란 단순한 등이 가려운 피부질환만의 고통이 아니다.

이 시작품에서는 피부의 가려움증을 표현하고 있지만, 이것은 어디까지나 두 여인의 부재의 슬픔이라는 원관념에 대한 보조관념에 불과하다. 그것은 "한 번도 닿아본 적 없는 아득한 거리"에서 단적으로 증명된다. 두 여인의 부재는 이승에서의 부재일 뿐 관념속의 부재는 아니다. 그의 관념 속에는 너무도 먼 곳에 있어서 손이 닿지 않아 안타깝기는 해도 엄연히 존재하는 영상을 이루고 있다.

그런데 어머니와 아내의 부재를 뼈저리게 확인한 그는 아내가 제공했던 '효자손'으로 가려움증을 해소한다. 여기에서는 페이소스의 슬픔과 함께 체념으로 심리적 하향곡선을 그린다. 마지막 결구, "나무 손자국이 벌겋다"는 표현은 단순한 피부의 상태에 그치지 않고 그의 심리상태를 극명하게 나타내고 있는 낙인烙印이라 하겠다.

추녀 끝에
햇살이야 다녀가곤 하지만

아궁이에 불기 마른지 오래,
구들장은 냉기만 엉켜있다.

그 겨울이 또 오고 있다
군불 지필 수 없는 몸뚱이
마지막 불꽃의 기억을 붙들고
몰아치는 찬바람 맨몸으로 막는다.

등짝이 서늘하다
옆구리가 시리다
온 뼈마디가 아리다.

수면제 한 움큼이면
고요히 별나라에 갈 수 있으련만
삶의 형기가 끝나 옥문이 닫히는 그날까지
혹독한 밤을 애써 버텨낸다.

누운 뼈에 풀꽃 심는 신의 영역을
넘어가서는 아니 되기에
당신과 심은 씨앗 더 가꿔야 하기에,

아직도 숨쉬는
마음의 질화로에 담긴 불씨
시나브로 삭아가고

하얀 연기
스멀스멀 피어오르지 않는
뒤뜰이 조용하다.

—「조용한 굴뚝」 전문

존재하는 모든 사물은 존재하기 위함 힘이 필요하다. 그 힘은 독자적으로는 발생하지 않고 반드시 주체와 대상이라는 상대적 존재가 상대기준이 조성될 때 발생한다. 그런데 김원명 시인의 경우, 부인의 타계는 그 에너지의 중단을 가져온다. 그래서 그의 활동은 종전처럼 원활할 수가 없다.

아궁이에 불을 지피지 않기 때문에 굴뚝에서는 밥을 짓는 연기가 피어오를 리 만무하다. 그래서 구들장의 냉기는 그의 등을 시리게 한다. 죽음을 생각해 보기도 한다. 그러나 그것은 신의 영역으로서 거스를 수 없다는 종교적 사고와 함께 아이들에 대한 책임 윤리가 불순한 의식을 차단한다.

이 시는 김원명 시인이 네 번째 맞는 부인의 추모일(기일)에 쓴 작품이다. 아내의 부재가 엄청난 공허를 느끼게 한다. 아내의 영결종천永訣終天으로 인하여 뼈저리게 저미는 고독이 '조용한 굴뚝'이라는 사물을 통해서 형상화되고 있다.

생일날,
어릴 적엔 어머니가 끓여주신 미역국

장가들고는 아내가
지금은 며느리가
정을 담아서 끓여준다.

다섯 해,
혼자 받은 밥상,
오랫동안 길들여진 아내의 손맛
나는 아직도 그 맛을 잊지 못한다.

한줌 미역에 물을 부으면
되살아나는 바다
가슴속 어머니와 아내가 일렁인다.

어머니와 아내가
산고 끝에 드는 첫국밥
헛헛한 몸에서 젖으로 빚어
애들을 키웠다.

산고를 겪어보지 못한 나는
어머니와 아내가
먹어야할 그 국을 먹을 때마다
목이 메인다.

돌아오는 기일에는
내가 손수 끓인 미역국을

바치고 싶다.

―「미역국」 전문

　미역국에 얽힌 사연을 통해서 생과 사의 세계를 통찰하고 있다. 이 와중에서 미각 이미지를 통하여 절실한 심회를 토로하고 있다. 김원명 시인이 어릴 때는 어머니가 끓여주시던 미역국을 결혼하면서부터는 아내가 끓여주었고, 아내가 타계한 후에는 며느리가 끓여주고 있다고 토로하는 데에는 그 사물(미역국)이 지니는 상징성에 주시할 필요가 있겠다.

　미역국은 아기를 생산할 때 먹는 음식이다. 그런데 그 미역국을 끓여주는 세 여인 중에서 두 여인(어머니와 아내)은 이미 타계하여 부재 상태에 있다. 그러니까 이 미역국은 존재와 부재, 생生과 사死를 아우르는 사물이라 하겠다.

　김원명 시인은 아내와 사별한 후 다섯 해 동안 혼자서 생일 밥상을 받아왔다. 오랫동안 길들여진 아내의 미각 이미지가 발동하여 그로 하여금 그 맛을 잊지 못하게 한다. 그에게 있어서 이 미각 이미지는 부재하는 두 여인의 애틋한 애상으로 인하여 한줌의 미역줄기가 바다만큼 확대되어 온 누리에 일렁이게 된다.

　이 시인은 '미역국'이라는 제재를 통해서 어머니와 아내라는 두 여인의 산고産苦를 생각하며 목이 멘다. 마지막 결구에서는 지은보은知恩報恩이라는 의식으로, 그동안 입었던

은혜에 대해 보답하고자 하는 표현으로 나타난다. 그것이 바로 "돌아오는 기일에는 / 내가 손수 끓인 미역국을 / 바차고 싶다."고 토로하는 대목이다.

　여기에서도 한 가지 주목해야 할 점은, 두 여인의 부재를 부재로 보지 않는다는 점이다. 이 세상을 하직했으면 마땅히 존재하지 않는 게 현실인데, 그는 부재하는 두 여인에게 미역국을 끓여주겠다고 다짐한다. 이는 그의 관념 속에 다만 너무도 먼 곳에 있어서 손이 닿지 않을 뿐이지 여전히 상존하고 있다고 여기는 종교적 존재의식이다.

　　　한 달에 두어 번 농협에 간다
　　　단말기에 영농일지를 넣으면
　　　시설 관리비, 가스비 신용카드대금…
　　　그간 다녀간 크고 작은 발자국들
　　　깨알 같이 햇볕에 쏟아진다.

　　　이랑 곳곳에 배추포기 푸르다
　　　가뭄에도 병충해에도 강한 저 배추들,
　　　첫째도 둘째도 셋째도
　　　땀 흘려 꼬박꼬박 심어 놓았다
　　　한줄기의 고구마처럼 매달려나온 잔고
　　　어느 볏단 부럽지 않은 풍농이다.
　　　조그마한 농원이지만

내가 가꾼 텃밭에서 자란 배추들
지금은 내 텃밭에 밑거름이 되고 있다
웃음꽃 환히 품에 안기는
속살 노랗게 꽉꽉 채우는 어린 배추도 있다.

오늘도 농협에 갔다
자식 세 놈이 다녀간 흔적이 찍혀있다
푸른 배춧잎이 나를 지키고 있다.

-「배추밭 농장」 전문

　'배추밭'이라는 보조관념을 통해서 세 자녀 농사라는 원관념을 입체적으로 나타내는 작품이 경이롭다. 자식 농사를 배추 농사로 에둘러서 표현하고 있다. 현실적으로 그의 생존에 자양이 되는 '푸른 배춧잎'은 아이들이 매달 저금통장에 넣어주는 지폐다. 그는 아내의 부재에서 오는 고독과 상실감을 '배추포기'로 환치되는 자식들로 인하여 시간의 흐름에 따라서 약간은 상쇄하는 듯하다.

내 허기의 동굴 앞에
스물 네 시간 내내
환하게 불을 켜둔 비상구.
아내가 밥상에 놓았던
구수한 찌개와 밥맛은 아니지만
다진 양념들 밥알의 끈기로 붙들어

돌돌 말은 김밥 말이
주린 한 끼 생기를 심어준다.

생전에 김밥을 잘 말던 그녀,
조각구름에 김밥천국 상표라도 붙이고
하늘나라 어디쯤에서
또 김밥을 말고 있을까.

개밥별 피어오를 때
어둠이 엎질러진
빈 둥지로 찾아가는 길목에서
환하게 불을 켜고 기다린 듯
내 허기를 붙잡아 세우곤 한다.

참기름으로 마사지하고
쟁반에 누운 저 행렬 위에 뿌려진
깨알들이 별처럼 반짝이고 있다
밤하늘에서 쏟아져 내려와
곤궁한 내게 머무를 별이다.

―「김밥천국」 전문

　범신론과 범심론이 연상되는 작품이다. 아내와 관련된 모
든 사물은 시어詩語의 형태로 살아서 빛을 발하기 때문이다.
첫 연에 나오는 '허기의 동굴'이라든지 '비상구'라는 말이 눈

길을 끈다. 아내의 부재로 인해서 주어진 삶은 '허기의 동굴'
과 '비상구'인 것이다. 그는 동굴에서 아내를 그려보는 것으
로 허기를 면하고, 그러한 시도는 바로 탈출구가 된다.

　김원명 시인은 김밥을 말던 아내의 모습을 그려보면서 하
늘나라에서 김밥을 말고 있을 그 이미지를 연상한다. 그의
허기는 그리움의 허기다. 김밥에 뿌려지는 깨알들이 별처럼
반짝이는 까닭은 아내의 존재위치가 천국이라고 믿고 있기
때문이다.

　　그 짧은 잠.
　　세상의 새벽보다 먼저 깨어
　　하늘의 이부자리에 누운 별을 본다
　　사방이 벽뿐인 하루의 시작이다.

　　내가 차린 밥상
　　혼자 앉아서 밥을 먹는데
　　물에 만 밥알이 자꾸만 미끄러진다.

　　아침 일찍 컴퓨터 열고 들어가
　　강변에 찍었던 발자국 찾아 헤매었어도
　　시 한편 얻지 못하고
　　문밖이 궁금해 텔레비전을 켠다.
　　　　　　　　　　　　　　　－「시간 허물기」 중 전반부

이 시의 첫 연 마지막 행에서는 "사방이 벽뿐인 하루의 시작이다."로 되어 있다. 부부의 금슬琴瑟이 좋았던 김원명 시인에 있어서 아내의 부재는 존재 자체를 어렵게 하는 '벽'인 것이다. "사방이 벽뿐인 하루"는 견딜 수 없는 적막강산이 아닐 수 없다. 그 적막한 동굴에서 스스로 차린 밥상에 혼자 앉아서 밥을 먹는데, 밥알이 자꾸만 미끄러진다는 얘기는 삶이 힘겹다는 뜻이다.

이 시의 5연 마지막 행은 "다시금 겹겹이 쌓이는 정적."으로 되어 있다. 유아원에서 돌아온 손녀가 고요를 깨트리고, 한동안 웃음꽃을 피우다가 돌아가고 나면 다시금 적막이 겹겹이 쌓인다는 얘기다. 이 시의 마지막 결말 부분인 6, 7행은 다음과 같다.

남은 시간을 허물어
진창 늪을 건너야 하는
나그네 길, 어디쯤에서 일몰에
견인될 수 있을까?

오늘도 어제와 같은
하루의 벽에 갇힌다.
―「시간 허물기」 중 결말부분

이 시에서 표현되고 있는 바와 같이 김원명 시인의 관심

사는 언제 일몰에 견인되어서 천상에 먼저 가있는 아내의 곁으로 가는 일이다. 그의 소망은 부부상봉으로서의 재회다. 재회의 기쁨을 꿈꾸며 적막한 벽에 갇힌 채 넘어가지 않는 밥알을 기꺼이 넘긴다. 이는 참으로 눈물겨운 정경이 아닐 수 없다.

여기에서는 내세의 존재여부가 문제되지 않는다. 내세가 이 시인의 관념세계에 존재하면 그만이다. 그는 그의 관념세계에서 언젠가는 아내와 재회할 수 있다고 믿는 그 신념으로 인해서 행복할 수 있기 때문이다. 넘어가지 않는 눈물밥을 삼키면서도 재회의 기쁨을 누리기도 하고, 마지막 눈을 감는 순간에도 아내와의 재회의 기대감으로 행복한 임종이 가능하기 때문이다.

종교적 신념이란 이와 같이 부재의 현상세계에서도 존재인식으로 인해서 행복할 수 있다는 역설의 미학을 가능하게 한다.

소설가 김동리는 "인간은 무한無限을 인식할 수 있는 유한적有限的 존재다. 따라서 인간은 유한적인 동시에 무한적인 존재다."라고 썼다. 이러한 인식은 종교적 상상력에서 가능하게 된다.

김원명 시인은 아내와의 삶의 흔적들을 찾아 모자이크하는 재구성 방법으로 시를 써왔다. 그의 시가 정제되어 아름다워질수록 아내의 곁으로 한 걸음 한 걸음 다가간다고 믿기 때문에 치열한 시작과정을 통해서 위로를 받을 것이고 어떤 일종의 희열을 맛볼 것이다.

H. W. 롱펠로는 "왕들은 어디 있으며, 그리고 일찍이 이 세상을 주름잡던 사람들은 모두 어디에 있느냐"고 하면서 다 가버렸다고 읊었다. 그들은 호화와 찬란과 함께 흔적도 없이 사라졌다고 했다.

김원명 시인이 찾아서 모자이크한 아내의 흔적들은 「내 몸에 먼 곳이 있다」에서의 '대나무 효자손'이라든지, 「미역국」,「조용한 굴뚝」에서의 '아궁이', 「김밥천국」에서의 '아내의 밥상' 등에서 극명하게 나타나고 있다.

李白의 靑天一長紙 寫我腹中詩가 떠오른다. 푸른 하늘 한 장 종이에 심중의 시를 새긴다는 뜻이다. 이러한 호방성과 초현실적 관념은 김원명 시인의 시 「시간 허물기」에도 보인다. 그는 현실적인 시간을 허물어서 아내와의 상봉을 꿈꾼다. 그것도 하늘의 이부자리에 누운 별나라에서다. 황혼의 애상에 젖은 그는 시간을 허물어서 아름다운 일몰(노을)에 견인하여 아내의 별나라 그 이부자리에 편안히 안식하고자 한다. 견고한 시간을 허물어서.

김원명 金元明

전남 해남 출생
동국대학교 법정대학 법학과 졸업
해운항만청 목포지방해운항만청장
해운항만청 제주지방해운항만청장
해양수산부 부이사관 명예퇴직
근정포장 수상
주) 한국항만기술단 부회장
<문학사계> 시 부문 등단 (2008년 봄호)
한국문인협회회원
시집 『모란을 찾아서』(문학사계, 2010)

시간 허물기

인쇄일 초판 1쇄 2008년 12월 15일
        2쇄 2014년 05월 02일
발행일 초판 1쇄 2008년 12월 20일
        2쇄 2014년 05월 06일

지은이 김 원 명
발행인 정 진 이
발행처 새미
등록일 2005.03.15. 제17-423호

서울시 강동구 성내동 447-11 현영빌딩 2층
Tel : 442-4623~4 Fax : 442-4625
www.kookhak.co.kr
E- mail : kookhak2001@hanmail.net
ISBN 978-89-5628-592-4 *04800
가 격 16,000원